D1496012

Guy Debord

La Société
du Spectacle

Gallimard

Dans la même collection

COMMENTAIRES SUR LA SOCIÉTÉ DU SPECTACLE,
  n° 645.

Avertissement pour la troisième
édition française

La Société du Spectacle a été publiée pour la première fois en novembre 1967 à Paris, chez Buchet-Chastel. Les troubles de 1968 l'ont fait connaître. Le livre, auquel je n'ai jamais changé un seul mot, a été réédité dès 1971 aux Éditions Champ Libre, qui ont pris le nom de Gérard Lebovici en 1984, après l'assassinat de l'éditeur. La série des réimpressions y a été poursuivie régulièrement, jusqu'en 1991. La présente édition, elle aussi, est restée rigoureusement identique à celle de 1967. La même règle commandera d'ailleurs, tout naturellement, la réédition de l'ensemble de mes livres chez Gallimard. Je ne suis pas quelqu'un qui se corrige.

Une telle théorie critique n'a pas à être changée ; aussi longtemps que n'auront pas été détruites les conditions générales de la longue période de l'histoire que cette théorie aura été la première à définir avec exactitude. La continuation du développement de la période n'a fait que vérifier et illustrer la théorie du spectacle dont l'exposé, ici réitéré, peut également être considéré comme historique dans une acception moins élevée : il témoigne de ce qu'a été la position la plus extrême au moment des querelles de 1968, et donc de ce qu'il était déjà possible de savoir en 1968. Les pires dupes de cette époque ont pu apprendre depuis, par les déconvenues de toute leur existence, ce que signifiaient la « négation de la vie qui est devenue visible » ; la « perte de la qualité » liée à la forme-marchandise, et la « prolétarisation du monde ».

J'ai du reste ajouté en leur temps d'autres observations touchant les plus remarquables nouveautés que le cours ultérieur du même processus devait faire apparaître. En 1979, à l'occasion d'une préface destinée à une nouvelle traduction italienne, j'ai traité des transformations effectives dans la nature même de la production industrielle, comme dans les techniques de gouvernement, que commençait à autoriser l'emploi de la force spectaculaire. En 1988, les *Commentaires sur la société du spectacle* ont nettement établi que la précédente « division mondiale des tâches spectaculaires », entre les règnes rivaux du « spectaculaire concentré » et du « spectaculaire diffus », avait désormais pris fin au profit de leur fusion dans la forme commune du « spectaculaire intégré ».

Cette fusion peut être sommairement résumée en corrigeant la thèse 105 qui, touchant ce qui s'était passé avant 1967, distinguait encore les formes antérieures selon certaines pratiques opposées. Le Grand Schisme du pouvoir de classe s'étant achevé par la réconciliation, il faut dire que la pratique unifiée du spectaculaire intégré, aujourd'hui, a « transformé économiquement le monde », *en même temps* qu'il a « transformé policièrement la perception ». (La police dans la circonstance est elle-même tout à fait nouvelle.)

C'est seulement parce que cette fusion s'était déjà produite dans la réalité économico-politique du monde entier, que le monde pouvait enfin se proclamer officiellement unifié. C'est aussi parce que la situation où en est universellement arrivé le pouvoir séparé est si grave que ce monde avait besoin d'être unifié au plus tôt; de participer comme un seul bloc à la même organisation consensuelle du marché mondial, *falsifié* et garanti spectaculairement. Et il ne s'unifiera pas, finalement.

La bureaucratie totalitaire, « classe dominante de substitution pour l'économie marchande », n'avait jamais beaucoup cru à son destin. Elle se savait « forme sous-développée de classe dominante », et se voulait mieux. La thèse 58 avait de longue date établi l'axiome suivant : « La racine du spectacle est dans le terrain de l'économie deve-

9

nue abondante, et c'est de là que viennent les fruits qui tendent finalement à dominer le marché spectaculaire. »

C'est cette volonté de modernisation et d'unification du spectacle, liée à tous les autres aspects de la simplification de la société, qui a conduit en 1989 la bureaucratie russe à se convertir soudain, comme un seul homme, à la présente *idéologie* de la démocratie : c'est-à-dire la liberté dictatoriale du Marché, tempérée par la reconnaissance des Droits de l'homme spectateur. Personne en Occident n'a épilogué un seul jour sur la signification et les conséquences d'un si extraordinaire événement médiatique. Le progrès de la technique spectaculaire se prouve en ceci. Il n'y a eu à enregistrer que l'apparence d'une sorte de secousse géologique. On date le phénomène, et on l'estime bien assez compris, en se contentant de répéter un très simple signal — la chute-du-Mur-de-Berlin —, aussi indiscutable que tous les autres *signaux démocratiques*.

En 1991, les premiers effets de la modernisation ont paru avec la dissolution complète de la Russie. Là s'exprime, plus franchement encore qu'en Occident, le résultat désastreux de l'évolution générale de l'économie. Le désordre n'en est que la conséquence. Partout se posera la même redoutable question, celle qui hante le monde depuis deux siècles : comment faire travailler les pauvres, là où l'illusion a déçu, et où la force s'est défaite ?

10

La thèse 111, reconnaissant les premiers symptômes d'un déclin russe dont nous venons de voir l'explosion finale, et envisageant la disparition prochaine d'une société mondiale qui, comme on peut dire maintenant, *s'effacera de la mémoire de l'ordinateur*, énonçait ce jugement stratégique dont il va devenir facile de sentir la justesse : « La décomposition mondiale de l'alliance de la mystification bureaucratique est, en dernière analyse, le facteur le plus défavorable pour le développement actuel de la société capitaliste. »

Il faut lire ce livre en considérant qu'il a été sciemment écrit dans l'intention de nuire à la société spectaculaire. Il n'a jamais rien dit d'outrancier.

30 juin 1992
      GUY DEBORD

I. la séparation achevée

« Et sans doute notre temps… préfère l'image à la chose, la copie à l'original, la représentation à la réalité, l'apparence à l'être… Ce qui est *sacré* pour lui, ce n'est que l'*illusion*, mais ce qui est profane, c'est la *vérité*. Mieux, le sacré grandit à ses yeux à mesure que décroît la vérité et que l'illusion croît, si bien que *le comble de l'illusion* est aussi pour lui *le comble du sacré*. »

Feuerbach (Préface à
la deuxième édition
de *L'Essence du christianisme*)

1

Toute la vie des sociétés dans lesquelles règnent les conditions modernes de production s'annonce comme une immense accumulation de *spectacles*. Tout ce qui était directement vécu s'est éloigné dans une représentation.

2

Les images qui se sont détachées de chaque aspect de la vie fusionnent dans un cours commun, où l'unité de cette vie ne peut plus être rétablie. La réalité considérée *partiellement* se déploie dans sa propre unité générale en tant que pseudo-monde *à part*, objet de la seule contemplation. La spéciali-sation des images du monde se retrouve, accom-plie, dans le monde de l'image autonomisé, où le mensonger s'est menti à lui-même. Le spectacle en général, comme inversion concrète de la vie, est le mouvement autonome du non-vivant.

3

Le spectacle se présente à la fois comme la société même, comme une partie de la société, et comme *instrument d'unification*. En tant que partie de la société, il est expressément le secteur qui concentre tout regard et toute conscience. Du fait même que ce secteur est *séparé*, il est le lieu du regard abusé et de la fausse conscience ; et l'unification qu'il accomplit n'est rien d'autre qu'un langage officiel de la séparation généralisée.

4

Le spectacle n'est pas un ensemble d'images, mais un rapport social entre des personnes, médiatisé par des images.

5

Le spectacle ne peut être compris comme l'abus d'un monde de la vision, le produit des techniques de diffusion massive des images. Il est bien plutôt une *Weltanschauung* devenue effective, matériellement traduite. C'est une vision du monde qui s'est objectivée.

6

Le spectacle, compris dans sa totalité, est à la fois le résultat et le projet du mode de production existant. Il n'est pas un supplément au monde réel, sa décoration surajoutée. Il est le cœur de l'irréalisme de la société réelle. Sous toutes ses formes particulières, information ou propagande, publicité ou consommation directe de divertissements, le spectacle constitue le *modèle* présent de la vie socialement dominante. Il est l'affirmation omniprésente du choix *déjà fait* dans la production, et sa consommation corollaire. Forme et contenu du spectacle sont identiquement la justification totale des conditions et des fins du système existant. Le spectacle est aussi la *présence permanente* de cette justification, en tant qu'occupation de la part principale du temps vécu hors de la production moderne.

7

La séparation fait elle-même partie de l'unité du monde, de la praxis sociale globale qui s'est scindée en réalité et en image. La pratique sociale, devant laquelle se pose le spectacle autonome, est aussi la totalité réelle qui contient le spectacle. Mais la scission dans cette totalité la mutile au point de faire apparaître le spectacle comme son but. Le langage du spectacle est constitué par des *signes* de la production régnante, qui sont en même temps la finalité dernière de cette production.

8

On ne peut opposer abstraitement le spectacle et l'activité sociale effective ; ce dédoublement est lui-même dédoublé. Le spectacle qui inverse le réel est effectivement produit. En même temps la réalité vécue est matériellement envahie par la contemplation du spectacle, et reprend en elle-même l'ordre spectaculaire en lui donnant une adhésion positive. La réalité objective est présente des deux côtés.

18

Chaque notion ainsi fixée n'a pour fond que son passage dans l'opposé : la réalité surgit dans le spectacle, et le spectacle est réel. Cette aliénation réciproque est l'essence et le soutien de la société existante.

9

Dans le monde *réellement renversé,* le vrai est un moment du faux.

10

Le concept de spectacle unifie et explique une grande diversité de phénomènes apparents. Leurs diversités et contrastes sont les apparences de cette apparence organisée socialement, qui doit être elle-même reconnue dans sa vérité générale. Considéré selon ses propres termes, le spectacle est l'*affirmation* de l'apparence et l'affirmation de toute vie humaine, c'est-à-dire sociale, comme simple apparence. Mais la critique qui atteint la vérité du spectacle le découvre comme la *négation* visible de la vie ; comme une négation de la vie qui *est devenue visible.*

11

Pour décrire le spectacle, sa formation, ses fonctions, et les forces qui tendent à sa dissolution, il faut distinguer artificiellement des éléments inséparables. En *analysant* le spectacle, on parle dans une certaine mesure le langage même du spectaculaire, en ceci que l'on passe sur le terrain méthodologique de cette société qui s'exprime dans le spectacle. Mais le spectacle n'est rien d'autre que *le sens* de la pratique totale d'une formation économique-sociale, son *emploi du temps*. C'est le moment historique qui nous contient.

12

Le spectacle se présente comme une énorme positivité indiscutable et inaccessible. Il ne dit rien de plus que « ce qui apparaît est bon, ce qui est bon apparaît ». L'attitude qu'il exige par principe est cette acceptation passive qu'il a déjà en fait obtenue par sa manière d'apparaître sans réplique, par son monopole de l'apparence.

13

Le caractère fondamentalement tautologique du spectacle découle du simple fait que ses moyens sont en même temps son but. Il est le soleil qui ne se couche jamais sur l'empire de la passivité moderne. Il recouvre toute la surface du monde et baigne indéfiniment dans sa propre gloire.

14

La société qui repose sur l'industrie moderne n'est pas fortuitement ou superficiellement spectaculaire, elle est fondamentalement *spectacliste*. Dans le spectacle, image de l'économie régnante, le but n'est rien, le développement est tout. Le spectacle ne veut en venir à rien d'autre qu'à lui-même.

15

En tant qu'indispensable parure des objets produits maintenant, en tant qu'exposé général de la rationalité du système, et en tant que secteur économique avancé qui façonne directement une multitude croissante d'images-objets, le spectacle est la *principale production* de la société actuelle.

16

Le spectacle se soumet les hommes vivants dans la mesure où l'économie les a totalement soumis. Il n'est rien que l'économie se développant pour elle-même. Il est le reflet fidèle de la production des choses, et l'objectivation infidèle des producteurs.

17

La première phase de la domination de l'économie sur la vie sociale avait entraîné dans la définition de toute réalisation humaine une évidente dégradation de l'*être* en *avoir*. La phase présente de l'occupation totale de la vie sociale par les résultats accumulés de l'économie conduit à un glissement généralisé de l'*avoir* au *paraître*, dont tout « avoir » effectif doit tirer son prestige immédiat et sa fonction dernière. En même temps toute réalité individuelle est devenue sociale, directement dépendante de la puissance sociale, façonnée par elle. En ceci seulement qu'elle *n'est pas*, il lui est permis d'apparaître.

18

Là où le monde réel se change en simples images, les simples images deviennent des êtres réels, et les motivations efficientes d'un comportement hypnotique. Le spectacle, comme tendance à *faire voir* par différentes médiations spécialisées le monde qui n'est plus directement saisissable, trouve normalement dans la vue le sens humain privilégié qui fut à d'autres époques le toucher ; le sens le plus abstrait, et le plus mystifiable, correspond à l'abstraction généralisée de la société actuelle. Mais le spectacle n'est pas identifiable au simple regard, même combiné à l'écoute. Il est ce qui échappe à l'activité des hommes, à la reconsidération et à la correction de leur œuvre. Il est le contraire du dialogue. Partout où il y a *représentation* indépendante, le spectacle se reconstitue.

19

Le spectacle est l'héritier de toute la *faiblesse* du projet philosophique occidental qui fut une compréhension de l'activité, dominée par les catégories du *voir* ; aussi bien qu'il se fonde sur l'incessant déploiement de la rationalité technique précise qui est issue de cette pensée. Il ne réalise pas la philosophie, il philosophise la réalité. C'est la vie concrète de tous qui s'est dégradée en univers *spéculatif.*

20

La philosophie, en tant que pouvoir de la pensée séparée, et pensée du pouvoir séparé, n'a jamais pu par elle-même dépasser la théologie. Le spectacle est la reconstruction matérielle de l'illusion religieuse. La technique spectaculaire n'a pas dissipé les nuages religieux où les hommes avaient placé leurs propres pouvoirs détachés d'eux : elle les a seulement reliés à une base terrestre. Ainsi c'est la vie la plus terrestre qui devient opaque et irrespirable. Elle ne rejette plus dans le ciel, mais elle héberge chez elle sa récusation absolue, son fallacieux paradis. Le spectacle est la réalisation technique de l'exil des pouvoirs humains dans un au-delà; la scission achevée à l'intérieur de l'homme.

21

À mesure que la nécessité se trouve socialement rêvée, le rêve devient nécessaire. Le spectacle est le mauvais rêve de la société moderne enchaînée, qui n'exprime finalement que son désir de dormir. Le spectacle est le gardien de ce sommeil.

22

Le fait que la puissance pratique de la société moderne s'est détachée d'elle-même, et s'est édifié un empire indépendant dans le spectacle, ne peut s'expliquer que par cet autre fait que cette pratique puissante continuait à manquer de cohésion, et était demeurée en contradiction avec elle-même.

23

C'est la plus vieille spécialisation sociale, la spécialisation du pouvoir, qui est à la racine du spectacle. Le spectacle est ainsi une activité spécialisée qui parle pour l'ensemble des autres. C'est la représentation diplomatique de la société hiérarchique devant elle-même, où toute autre parole est bannie. Le plus moderne y est aussi le plus archaïque.

Le spectacle est le discours ininterrompu que l'ordre présent tient sur lui-même, son monologue élogieux. C'est l'auto-portrait du pouvoir à l'époque de sa gestion totalitaire des conditions d'existence. L'apparence fétichiste de pure objectivité dans les relations spectaculaires cache leur caractère de relation entre hommes et entre classes : une seconde nature paraît dominer notre environnement de ses lois fatales. Mais le spectacle n'est pas ce produit nécessaire du développement technique regardé comme un développement *naturel*. La société du spectacle est au contraire la forme qui choisit son propre contenu technique. Si le spectacle, pris sous l'aspect restreint des «moyens de communication de masse», qui sont sa manifestation superficielle la plus écrasante, peut paraître envahir la société comme une simple instrumentation, celle-ci n'est en fait rien de neutre, mais l'instrumentation même qui convient à son auto-mouvement total. Si les besoins sociaux de l'époque où se développent de telles techniques ne peuvent trouver de satisfaction que par leur médiation, si l'administration de cette société et tout contact entre les hommes ne peuvent plus s'exercer que par l'intermédiaire de cette puissance de communication instantanée, c'est parce que cette «communication» est essentiellement *unilatérale*; de sorte que sa concentration revient à accumuler dans les mains de l'administration du système existant les moyens qui lui permettent de poursuivre cette administration déterminée. La scission généralisée du spectacle est inséparable de l'*État* moderne, c'est-à-dire de la forme générale de la scission dans la société, produit de la division du travail social et organe de la domination de classe.

25

La *séparation* est l'alpha et l'oméga du spectacle. L'institutionnalisation de la division sociale du travail, la formation des classes avaient construit une première contemplation sacrée, l'ordre mythique dont tout pouvoir s'enveloppe dès l'origine. Le sacré a justifié l'ordonnance cosmique et ontologique qui correspondait aux intérêts des maîtres, il a expliqué et embelli ce que la société *ne pouvait pas faire.* Tout pouvoir séparé a donc été spectaculaire, mais l'adhésion de tous à une telle image immobile ne signifiait que la reconnaissance commune d'un prolongement imaginaire pour la pauvreté de l'activité sociale réelle, encore largement ressentie comme une condition unitaire. Le spectacle moderne exprime au contraire ce que la société *peut faire,* mais dans cette expression le *permis* s'oppose absolument au *possible.* Le spectacle est la conservation de l'inconscience dans le changement pratique des conditions d'existence. Il est son propre produit, et c'est lui-même qui a posé ses règles : c'est un pseudo-sacré. Il montre ce qu'il *est* : la puissance séparée se développant en elle-même, dans la croissance de la productivité au moyen du raffinement incessant de la division du travail en parcellarisation des gestes, alors dominés par le mouvement indépendant des machines ; et travaillant pour un marché toujours plus étendu. Toute communauté et tout sens critique se sont dissous au long de ce mouvement, dans lequel les forces qui ont pu grandir en se séparant ne se sont pas encore *retrouvées*.

26

Avec la séparation généralisée du travailleur et de son produit, se perdent tout point de vue unitaire sur l'activité accomplie, toute communication personnelle directe entre les producteurs. Suivant le progrès de l'accumulation des produits séparés, et de la concentration du processus productif, l'unité et la communication deviennent l'attribut exclusif de la direction du système. La réussite du système économique de la séparation est la *prolétarisation* du monde.

Par la réussite même de la production séparée
en tant que production du séparé, l'expérience
fondamentale liée dans les sociétés primitives à un
travail principal est en train de se déplacer, au pôle
de développement du système, vers le non-travail,
l'inactivité. Mais cette inactivité n'est en rien libé-
rée de l'activité productrice : elle dépend d'elle,
elle est soumission inquiète et admirative aux
nécessités et aux résultats de la production ; elle est
elle-même un produit de sa rationalité. Il ne peut y
avoir de liberté hors de l'activité, et dans le cadre
du spectacle toute activité est niée, exactement
comme l'activité réelle a été intégralement captée
pour l'édification globale de ce résultat. Ainsi l'actuelle « libération du travail », l'augmentation des
loisirs, n'est aucunement libération dans le travail,
ni libération d'un monde façonné par ce travail.
Rien de l'activité volée dans le travail ne peut se
retrouver dans la soumission à son résultat.

Le système économique fondé sur l'isolement est
une *production circulaire de l'isolement*. L'isolement

fonde la technique, et le processus technique isole en retour. De l'automobile à la télévision, tous les *biens sélectionnés* par le système spectaculaire sont aussi ses armes pour le renforcement constant des conditions d'isolement des «foules solitaires». Le spectacle retrouve toujours plus concrètement ses propres présuppositions.

29

L'origine du spectacle est la perte de l'unité du monde, et l'expansion gigantesque du spectacle moderne exprime la totalité de cette perte : l'abstraction de tout travail particulier et l'abstraction générale de la production d'ensemble se traduisent parfaitement dans le spectacle, dont le *mode d'être concret* est justement l'abstraction. Dans le spectacle, une partie du monde *se représente* devant le monde, et lui est supérieure. Le spectacle n'est que le langage commun de cette séparation. Ce qui relie les spectateurs n'est qu'un rapport irréversible au centre même qui maintient leur isolement. Le spectacle réunit le séparé, mais il le réunit *en tant que séparé*.

30

L'aliénation du spectateur au profit de l'objet contemplé (qui est le résultat de sa propre activité inconsciente) s'exprime ainsi : plus il contemple, moins il vit ; plus il accepte de se reconnaître dans les images dominantes du besoin, moins il comprend sa propre existence et son propre désir. L'extériorité du spectacle par rapport à l'homme agissant apparaît en ce que ses propres gestes ne sont plus à lui, mais à un autre qui les lui représente. C'est pourquoi le spectateur ne se sent chez lui nulle part, car le spectacle est partout.

31

Le travailleur ne se produit pas lui-même, il produit une puissance indépendante. Le *succès* de cette production, son abondance, revient vers le producteur comme *abondance de la dépossession*. Tout le temps et l'espace de son monde lui deviennent *étrangers* avec l'accumulation de ses produits aliénés. Le spectacle est la carte de ce nouveau monde, carte qui recouvre exactement son territoire. Les forces mêmes qui nous ont échappé *se montrent* à nous dans toute leur puissance.

32

Le spectacle dans la société correspond à une fabrication concrète de l'aliénation. L'expansion économique est principalement l'expansion de cette production industrielle précise. Ce qui croît avec l'économie se mouvant pour elle-même ne peut être que l'aliénation qui était justement dans son noyau originel.

33

L'homme séparé de son produit, de plus en plus puissamment produit lui-même tous les détails de son monde, et ainsi se trouve de plus en plus séparé de son monde. D'autant plus sa vie est maintenant son produit, d'autant plus il est séparé de sa vie.

34

Le spectacle est le *capital* à un tel degré d'accumulation qu'il devient image.

II. la marchandise comme spectacle

« Car ce n'est que comme catégorie universelle de l'être social total que la marchandise peut être comprise dans son essence authentique. Ce n'est que dans ce contexte que la réification surgie du rapport marchand acquiert une signification décisive, tant pour l'évolution objective de la société que pour l'attitude des hommes à son égard, pour la soumission de leur conscience aux formes dans lesquelles cette réification s'exprime... Cette soumission s'accroît encore du fait que plus la rationalisation et la mécanisation du processus de travail augmentent, plus l'activité du travailleur perd son caractère d'activité pour devenir une attitude *contemplative*. »

Lukàcs *(Histoire et conscience de classe)*

35

À ce mouvement essentiel du spectacle, qui consiste à reprendre en lui tout ce qui existait dans l'activité humaine *à l'état fluide*, pour le posséder à l'état coagulé, en tant que choses qui sont devenues la valeur exclusive par leur *formulation en négatif* de la valeur vécue, nous reconnaissons notre vieille ennemie qui sait si bien paraître au premier coup d'œil quelque chose de trivial et se comprenant de soi-même, alors qu'elle est au contraire si complexe et si pleine de subtilités métaphysiques, *la marchandise.*

36

C'est le principe du fétichisme de la marchandise, la domination de la société par « des choses suprasensibles bien que sensibles », qui s'accomplit absolument dans le spectacle, où le monde sensible se trouve remplacé par une sélection d'images qui existe au-dessus de lui, et qui en même temps s'est fait reconnaître comme le sensible par excellence.

37

Le monde à la fois présent et absent que le spectacle *fait voir* est le monde de la marchandise dominant tout ce qui est vécu. Et le monde de la marchandise est ainsi montré *comme il est,* car son mouvement est identique à l'*éloignement* des hommes entre eux et vis-à-vis de leur produit global.

38

La perte de la qualité, si évidente à tous les niveaux du langage spectaculaire, des objets qu'il loue et des conduites qu'il règle, ne fait que traduire les caractères fondamentaux de la production réelle qui écarte la réalité : la forme-marchandise est de part en part l'égalité à soi-même, la catégorie du quantitatif. C'est le quantitatif qu'elle développe, et elle ne peut se développer qu'en lui.

39

Ce développement qui exclut le qualitatif est lui-même soumis, en tant que développement, au passage qualitatif : le spectacle signifie qu'il a franchi le seuil de *sa propre abondance*; ceci n'est encore vrai localement que sur quelques points, mais déjà vrai à l'échelle universelle qui est la référence originelle de la marchandise, référence que son mouvement pratique, rassemblant la Terre comme marché mondial, a vérifiée.

40

Le développement des forces productives a été *l'histoire réelle inconsciente* qui a construit et modifié les conditions d'existence des groupes humains en tant que conditions de survie, et élargissement de ces conditions : la base économique de toutes leurs entreprises. Le secteur de la marchandise a été, à l'intérieur d'une économie naturelle, la constitution d'un surplus de la survie. La production des marchandises, qui implique l'échange de produits variés entre des producteurs indépendants, a pu rester longtemps artisanale, contenue dans une fonction économique marginale où sa vérité quantitative est encore masquée. Cependant, là où elle a rencontré les conditions sociales du grand commerce et de l'accumulation des capitaux, elle a saisi la domination totale de l'économie. L'économie tout entière est alors devenue ce que la marchandise s'était montrée être au cours de cette conquête : un processus de développement quantitatif. Ce déploiement incessant de la puissance économique sous la forme de la marchandise, qui a transfiguré le travail humain en travail-marchandise, en *salariat*, aboutit cumulativement à une abondance dans laquelle la question première de la survie est sans doute résolue, mais d'une manière telle qu'elle doit se retrouver toujours; elle est chaque fois posée de nouveau à un degré supérieur. La croissance économique libère les sociétés de la pression naturelle qui exigeait leur lutte immédiate pour la survie, mais alors c'est de leur libérateur qu'elles ne sont pas libérées. L'*indépendance* de la marchandise s'est étendue à l'ensemble de l'économie sur laquelle elle règne. L'économie transforme le monde, mais le transforme seulement en monde de l'économie. La pseudo-nature dans laquelle le travail humain s'est aliéné exige de poursuivre à l'infini son *service*, et ce service, n'étant jugé et absous que par lui-même, en fait obtient la totalité des efforts et des projets socialement licites, comme ses serviteurs. L'abondance des marchandises, c'est-à-dire du rapport marchand, ne peut être plus que la *survie augmentée*.

41

La domination de la marchandise s'est d'abord exercée d'une manière occulte sur l'économie, qui elle-même, en tant que base matérielle de la vie sociale, restait inaperçue et incomprise, comme le familier qui n'est pas pour autant connu. Dans une société où la marchandise concrète reste rare ou minoritaire, c'est la domination apparente de l'argent qui se présente comme l'émissaire muni des pleins pouvoirs qui parle au nom d'une puissance inconnue. Avec la révolution industrielle, la division manufacturière du travail et la production massive pour le marché mondial, la marchandise apparaît effectivement, comme une puissance qui vient réellement *occuper* la vie sociale. C'est alors que se constitue l'économie politique, comme science dominante et comme science de la domination.

42

Le spectacle est le moment où la marchandise est parvenue à *l'occupation totale* de la vie sociale. Non seulement le rapport à la marchandise est visible, mais on ne voit plus que lui : le monde que l'on voit est son monde. La production économique moderne étend sa dictature extensivement et intensivement. Dans les lieux les moins industrialisés, son règne est déjà présent avec quelques marchandises-vedettes et en tant que domination impérialiste par les zones qui sont en tête dans le développement de la productivité. Dans ces zones avancées, l'espace social est envahi par une superposition continue de couches géologiques de marchandises. À ce point de la «deuxième révolution industrielle», la consommation aliénée devient pour les masses un devoir supplémentaire à la production aliénée. C'est *tout le travail vendu* d'une société qui devient globalement *la marchandise totale* dont le cycle doit se poursuivre. Pour ce faire, il faut que cette marchandise totale revienne fragmentairement à l'individu fragmentaire, absolument séparé des forces productives opérant comme un ensemble. C'est donc ici que la science spécialisée de la domination doit se spécialiser à son tour : elle s'émiette en sociologie, psychotechnique, cybernétique, sémiologie, etc., veillant à l'autorégulation de tous les niveaux du processus.

43

Alors que dans la phase primitive de l'accumulation capitaliste «l'économie politique ne voit dans le *prolétaire* que *l'ouvrier*», qui doit recevoir le minimum indispensable pour la conservation de sa force de travail, sans jamais le considérer « dans ses loisirs, dans son humanité », cette position des idées de la classe dominante se renverse aussitôt que le degré d'abondance atteint dans la production des marchandises exige un surplus de collaboration de l'ouvrier. Cet ouvrier, soudain lavé du mépris total qui lui est clairement signifié par toutes les modalités d'organisation et surveillance de la production, se retrouve chaque jour en dehors de celle-ci apparemment traité comme une grande personne, avec une politesse empressée, sous le déguisement du consommateur. Alors l'*humanisme de la marchandise* prend en charge « les loisirs et l'humanité » du travailleur, tout simplement parce que l'économie politique peut et doit maintenant dominer ces sphères *en tant qu'économie politique*. Ainsi « le reniement achevé de l'homme » a pris en charge la totalité de l'existence humaine.

44

Le spectacle est une guerre de l'opium permanente pour faire accepter l'identification des biens aux marchandises ; et de la satisfaction à la survie augmentant selon ses propres lois. Mais si la survie consommable est quelque chose qui doit augmenter toujours, c'est parce qu'elle ne cesse de *contenir la privation*. S'il n'y a aucun au-delà de la survie augmentée, aucun point où elle pourrait cesser sa croissance, c'est parce qu'elle n'est pas elle-même au delà de la privation, mais qu'elle est la privation devenue plus riche.

45

Avec l'automation, qui est à la fois le secteur le plus avancé de l'industrie moderne, et le modèle où se résume parfaitement sa pratique, il faut que le monde de la marchandise surmonte cette contradiction : l'instrumentation technique qui supprime objectivement le travail doit en même temps conserver *le travail comme marchandise*, et seul lieu de naissance de la marchandise. Pour que l'automation, ou toute autre forme moins extrême de l'accroissement de la productivité du travail, ne diminue pas effectivement le temps de travail social nécessaire à l'échelle de la société, il est nécessaire de créer de nouveaux emplois. Le secteur tertiaire, les services, sont l'immense étirement des lignes d'étapes de l'armée de la distribution et de l'éloge des marchandises actuelles ; mobilisation de forces supplétives qui rencontre opportunément, dans la facticité même des besoins relatifs à de telles marchandises, la nécessité d'une telle organisation de l'arrière-travail.

46

La valeur d'échange n'a pu se former qu'en tant qu'agent de la valeur d'usage, mais sa victoire par ses propres armes a créé les conditions de sa domination autonome. Mobilisant tout usage humain et saisissant le monopole de sa satisfaction, elle a fini par *diriger l'usage*. Le processus de l'échange s'est identifié à tout usage possible, et l'a réduit à sa merci. La valeur d'échange est le condottiere de la valeur d'usage, qui finit par mener la guerre pour son propre compte.

47

Cette constante de l'économie capitaliste qui est *la baisse tendancielle de la valeur d'usage* développe une nouvelle forme de privation à l'intérieur de la survie augmentée, laquelle n'est pas davantage affranchie de l'ancienne pénurie puisqu'elle exige la participation de la grande majorité des hommes, comme travailleurs salariés, à la poursuite infinie de son effort ; et que chacun sait qu'il lui faut s'y soumettre ou mourir. C'est la réalité de ce chantage, le fait que l'usage sous sa forme la plus pauvre (manger, habiter) n'existe plus qu'emprisonné dans la richesse illusoire de la survie augmentée, qui est la base réelle de l'acceptation de l'illusion en général dans la consommation des marchandises modernes. Le consommateur réel devient consommateur d'illusions. La marchandise est cette illusion effectivement réelle, et le spectacle sa manifestation générale.

48

La valeur d'usage qui était implicitement comprise dans la valeur d'échange doit être maintenant explicitement proclamée, dans la réalité inversée du spectacle, justement parce que sa réalité effective est rongée par l'économie marchande surdéveloppée ; et qu'une pseudo-justification devient nécessaire à la fausse vie.

49

Le spectacle est l'autre face de l'argent : l'équivalent général abstrait de toutes les marchandises. Mais si l'argent a dominé la société en tant que représentation de l'équivalence centrale, c'est-à-dire du caractère échangeable des biens multiples dont l'usage restait incomparable, le spectacle est son complément moderne développé où la totalité du monde marchand apparaît en bloc, comme une équivalence générale à ce que l'ensemble de la société peut être et faire. Le spectacle est l'argent que l'on *regarde seulement*, car en lui déjà c'est la totalité de l'usage qui s'est échangée contre la totalité de la représentation abstraite. Le spectacle n'est pas seulement le serviteur du *pseudo-usage*, il est déjà en lui-même le pseudo-usage de la vie.

50

Le résultat concentré du travail social, au moment de l'abondance *économique*, devient apparent et soumet toute réalité à l'apparence, qui est maintenant son produit. Le capital n'est plus le centre invisible qui dirige le mode de production : son accumulation l'étale jusqu'à la périphérie sous forme d'objets sensibles. Toute l'étendue de la société est son portrait.

51

La victoire de l'économie autonome doit être en même temps sa perte. Les forces qu'elle a déchaînées suppriment la *nécessité économique* qui a été la base immuable des sociétés anciennes. Quand elle la remplace par la nécessité du développement économique infini, elle ne peut que remplacer la satisfaction des premiers besoins humains sommairement reconnus, par une fabrication ininterrompue de pseudo-besoins qui se ramènent au seul pseudo-besoin du maintien de son règne. Mais l'économie autonome se sépare à jamais du besoin profond dans la mesure même où elle sort de *l'inconscient social* qui dépendait d'elle sans le savoir. «Tout ce qui est conscient s'use. Ce qui est inconscient reste inaltérable. Mais une fois délivré, ne tombe-t-il pas en ruine à son tour?» (Freud).

52

Au moment où la société découvre qu'elle dépend de l'économie, l'économie, en fait, dépend d'elle. Cette puissance souterraine, qui a grandi jusqu'à paraître souverainement, a aussi perdu sa puissance. Là où était le *ça* économique doit venir le *je*. Le sujet ne peut émerger que de la société, c'est-à-dire de la lutte qui est en elle-même. Son existence possible est suspendue aux résultats de la lutte des classes qui se révèle comme le produit et le producteur de la fondation économique de l'histoire.

La conscience du désir et le désir de la conscience sont identiquement ce projet qui, sous sa forme négative, veut l'abolition des classes, c'est-à-dire la possession directe des travailleurs sur tous les moments de leur activité. Son *contraire* est la société du spectacle, où la marchandise se contemple elle-même dans un monde qu'elle a créé.

III. unité et division dans l'apparence

« Une nouvelle polémique animée se déroule dans le pays, sur le front de la philosophie, à propos des concepts "un se divise en deux" et "deux fusionnent en un". Ce débat est une lutte entre ceux qui sont pour et ceux qui sont contre la dialectique matérialiste, une lutte entre deux conceptions du monde : la conception prolétarienne et la conception bourgeoise. Ceux qui soutiennent que "un se divise en deux" est la loi fondamentale des choses se tiennent du côté de la dialectique matérialiste ; ceux qui soutiennent que la loi fondamentale des choses est que "deux fusionnent en un" sont contre la dialectique matérialiste. Les deux côtés ont tiré une nette ligne de démarcation entre eux et leurs arguments sont diamétralement opposés. Cette polémique reflète sur le plan idéologique la lutte de classe aiguë et complexe qui se déroule en Chine et dans le monde. »

(*Le Drapeau rouge* de Pékin,
21 septembre 1964.)

54

Le spectacle, comme la société moderne, est à la fois uni et divisé. Comme elle, il édifie son unité sur le déchirement. Mais la contradiction, quand elle émerge dans le spectacle, est à son tour contredite par un renversement de son sens ; de sorte que la division montrée est unitaire, alors que l'unité montrée est divisée.

55

C'est la lutte de pouvoirs qui se sont constitués pour la gestion du même système socio-économique, qui se déploie comme la contradiction officielle, appartenant en fait à l'unité réelle ; ceci à l'échelle mondiale aussi bien qu'à l'intérieur de chaque nation.

Les fausses luttes spectaculaires des formes
rivales du pouvoir séparé sont en même temps
réelles, en ce qu'elles traduisent le développement
inégal et conflictuel du système, les intérêts relativement contradictoires des classes ou des subdivi-
sions de classes qui reconnaissent le système, et
définissent leur propre participation dans son pouvoir. De même que le développement de l'économie la plus avancée est l'affrontement de certaines
priorités contre d'autres, la gestion totalitaire de
l'économie par une bureaucratie d'État, et la
condition des pays qui se sont trouvés placés dans
la sphère de la colonisation ou de la semi-colonisa-
tion, sont définies par des particularités considé-
rables dans les modalités de la production et du
pouvoir. Ces diverses oppositions peuvent se donner, dans le spectacle, selon les critères tout différents, comme des formes de sociétés absolument
distinctes. Mais selon leur réalité effective de sec-
teurs particuliers, la vérité de leur particularité
réside dans le système universel qui les contient :
dans le mouvement unique qui a fait de la planète
son champ, le capitalisme.

57

La société porteuse du spectacle ne domine pas seulement par son hégémonie économique les régions sous-développées. Elle les domine *en tant que société du spectacle*. Là où la base matérielle est encore absente, la société moderne a déjà envahi spectaculairement la surface sociale de chaque continent. Elle définit le programme d'une classe dirigeante et préside à sa constitution. De même qu'elle présente les pseudo-biens à convoiter, de même elle offre aux révolutionnaires locaux les faux modèles de révolution. Le spectacle propre du pouvoir bureaucratique qui détient quelques-uns des pays industriels fait précisément partie du spectacle total, comme sa pseudo-négation générale, et son soutien. Si le spectacle, regardé dans ses diverses localisations, montre à l'évidence des spécialisations totalitaires de la parole et de l'administration sociales, celles-ci en viennent à se fondre, au niveau du fonctionnement global du système, en une *division mondiale des tâches spectaculaires*.

58

La division des tâches spectaculaires qui conserve la généralité de l'ordre existant conserve principalement le pôle dominant de son développement. La racine du spectacle est dans le terrain de l'économie devenue abondante, et c'est de là que viennent les fruits qui tendent finalement à dominer le marché spectaculaire, en dépit des barrières protectionnistes idéologico-policières de n'importe quel spectacle local à prétention autarcique.

59

Le mouvement de *banalisation* qui, sous les diversions chatoyantes du spectacle, domine mondialement la société moderne, la domine aussi sur chacun des points où la consommation développée des marchandises a multiplié en apparence les rôles et les objets à choisir. Les survivances de la religion et de la famille — laquelle reste la forme principale de l'héritage du pouvoir de classe —, et donc de la répression morale qu'elles assurent, peuvent se combiner comme une même chose avec l'affirmation redondante de la jouissance de *ce* monde, ce monde n'étant justement produit qu'en tant que pseudo-jouissance qui garde en elle la répression. À l'acceptation béate de ce qui existe peut aussi se joindre comme une même chose la révolte purement spectaculaire : ceci traduit ce simple fait que l'insatisfaction elle-même est devenue une marchandise dès que l'abondance économique s'est trouvée capable d'étendre sa production jusqu'au traitement d'une telle matière première.

60

En concentrant en elle l'image d'un rôle possible, la vedette, la représentation spectaculaire de l'homme vivant, concentre donc cette banalité. La condition de vedette est la spécialisation du *vécu apparent*, l'objet de l'identification à la vie apparente sans profondeur, qui doit compenser l'émiettement des spécialisations productives effectivement vécues. Les vedettes existent pour figurer des types variés de styles de vie et de styles de compréhension de la société, libres de s'exercer *globalement*. Elles incarnent le résultat inaccessible du *travail* social, en mimant des sous-produits de ce travail qui sont magiquement transférés au-dessus de lui comme son but : le *pouvoir* et les *vacances*, la décision et la consommation qui sont au commencement et à la fin d'un processus indiscuté. Là, c'est le pouvoir gouvernemental qui se personnalise en pseudo-vedette ; ici c'est la vedette de la consommation qui se fait plébisciter en tant que pseudo-pouvoir sur le vécu. Mais, de même que ces activités de la vedette ne sont pas réellement globales, elles ne sont pas variées.

61

L'agent du spectacle mis en scène comme vedette est le contraire de l'individu, l'ennemi de l'individu en lui-même aussi évidemment que chez les autres. Passant dans le spectacle comme modèle d'identification, il a renoncé à toute qualité autonome pour s'identifier lui-même à la loi générale de l'obéissance au cours des choses. La vedette de la consommation, tout en étant extérieurement la représentation de différents types de personnalité, montre chacun de ces types ayant également accès à la totalité de la consommation, et y trouvant pareillement son bonheur. La vedette de la décision doit posséder le stock complet de ce qui a été admis comme qualités humaines. Ainsi entre elles les divergences officielles sont annulées par la ressemblance officielle, qui est la présupposition de leur excellence en tout. Khrouchtchev était devenu général pour décider de la bataille de Koursk, non sur le terrain, mais au vingtième anniversaire, quand il se trouvait maître de l'État. Kennedy était resté orateur jusqu'à prononcer son éloge sur sa propre tombe, puisque Théodore Sorensen continuait à ce moment de rédiger pour le successeur les discours dans ce style qui avait tant compté pour faire reconnaître la personnalité du disparu. Les gens admirables en qui le système se personnifie sont bien connus pour n'être pas ce qu'ils sont ; ils sont devenus grands hommes en descendant au-dessous de la réalité de la moindre vie individuelle, et chacun le sait.

62

Le faux choix dans l'abondance spectaculaire, choix qui réside dans la juxtaposition de spectacles concurrentiels et solidaires comme dans la juxtaposition des rôles (principalement signifiés et portés par des objets) qui sont à la fois exclusifs et imbriqués, se développe en lutte de qualités fantomatiques destinées à passionner l'adhésion à la trivialité quantitative. Ainsi renaissent de fausses oppositions archaïques, des régionalismes ou des racismes chargés de transfigurer en supériorité ontologique fantastique la vulgarité des places hiérarchiques dans la consommation. Ainsi se recompose l'interminable série des affrontements dérisoires mobilisant un intérêt sous-ludique, du sport de compétition aux élections. Là où s'est installée la consommation abondante, une opposition spectaculaire principale entre la jeunesse et les adultes vient en premier plan des rôles fallacieux : car nulle part il n'existe d'adulte, maître de sa vie, et la jeunesse, le changement de ce qui existe, n'est aucunement la propriété de ces hommes qui sont maintenant jeunes, mais celle du système économique, le dynamisme du capitalisme. Ce sont des *choses* qui règnent et qui sont jeunes ; qui se chassent et se remplacent elles-mêmes.

63

C'est *l'unité de la misère* qui se cache sous les oppositions spectaculaires. Si des formes diverses de la même aliénation se combattent sous les masques du choix total, c'est parce qu'elles sont toutes édifiées sur les contradictions réelles refoulées. Selon les nécessités du stade particulier de la misère qu'il dément et maintient, le spectacle existe sous une forme *concentrée* ou sous une forme *diffuse.* Dans les deux cas, il n'est qu'une image d'unification heureuse environnée de désolation et d'épouvante, au centre tranquille du malheur.

64

Le spectaculaire concentré appartient essentiellement au capitalisme bureaucratique, encore qu'il puisse être importé comme technique du pouvoir étatique sur des économies mixtes plus arriérées, ou dans certains moments de crise du capitalisme avancé. La propriété bureaucratique en effet est elle-même concentrée en ce sens que le bureaucrate individuel n'a de rapports avec la possession de l'économie globale que par l'intermédiaire de la communauté bureaucratique, qu'en tant que membre de cette communauté. En outre la production des marchandises, moins développée, se présente aussi sous une forme concentrée : la marchandise que la bureaucratie détient, c'est le travail social total, et ce qu'elle revend à la société, c'est sa survie en bloc. La dictature de l'économie bureaucratique ne peut laisser aux masses exploitées aucune marge notable de choix, puisqu'elle a dû tout choisir par elle-même, et que tout autre choix extérieur, qu'il concerne l'alimentation ou la musique, est donc déjà le choix de sa destruction complète. Elle doit s'accompagner d'une violence permanente. L'image imposée du bien, dans son spectacle, recueille la totalité de ce qui existe officiellement, et se concentre normalement sur un seul homme, qui est le garant de sa cohésion totalitaire. À cette vedette absolue, chacun doit s'identifier magiquement, ou disparaître. Car il s'agit du maître de sa non-consommation, et de l'image héroïque d'un sens acceptable pour l'exploitation absolue qu'est en fait l'accumulation primitive accélérée par la terreur. Si chaque Chinois doit apprendre Mao, et ainsi être Mao, c'est qu'il n'a *rien d'autre à être*. Là où domine le spectaculaire concentré domine aussi la police.

Le spectaculaire diffus accompagne l'abondance des marchandises, le développement non perturbé du capitalisme moderne. Ici chaque marchandise prise à part est justifiée au nom de la grandeur de la production de la totalité des objets, dont le spectacle est un catalogue apologétique. Des affirmations inconciliables se poussent sur la scène du spectacle unifié de l'économie abondante ; de même que différentes marchandises-vedettes soutiennent simultanément leurs projets contradictoires d'aménagement de la société, où le spectacle des automobiles veut une circulation parfaite qui détruit les vieilles cités, tandis que le spectacle de la ville elle-même a besoin des quartiers-musées. Donc la satisfaction, déjà problématique, qui est réputée appartenir à la *consommation de l'ensemble* est immédiatement falsifiée en ceci que le consommateur réel ne peut directement toucher qu'une succession de fragments de ce bonheur marchand, fragments d'où chaque fois la qualité prêtée à l'ensemble est évidemment absente.

66

Chaque marchandise déterminée lutte pour elle-même, ne peut pas reconnaître les autres, prétend s'imposer partout comme si elle était la seule. Le spectacle est alors le chant épique de cet affrontement, que la chute d'aucune Ilion ne pourrait conclure. Le spectacle ne chante pas les hommes et leurs armes, mais les marchandises et leurs passions. C'est dans cette lutte aveugle que chaque marchandise, en suivant sa passion, réalise en fait dans l'inconscience quelque chose de plus élevé : le devenir-monde de la marchandise, qui est aussi bien le devenir-marchandise du monde. Ainsi, par une *ruse de la raison marchande*, le *particulier* de la marchandise s'use en combattant, tandis que la forme-marchandise va vers sa réalisation absolue.

67

La satisfaction que la marchandise abondante ne peut plus donner dans l'usage en vient à être recherchée dans la reconnaissance de sa valeur en tant que marchandise : c'est l'usage *de la marchandise* se suffisant à lui-même ; et pour le consommateur l'effusion religieuse envers la liberté souveraine de la marchandise. Des vagues d'enthousiasme pour un produit donné, soutenu et relancé par tous les moyens d'information, se propagent ainsi à grande allure. Un style de vêtements surgit d'un film ; une revue lance des clubs, qui lancent des panoplies diverses. Le *gadget* exprime ce fait que, dans le moment où la masse des marchandises glisse vers l'aberration, l'aberrant lui-même devient une marchandise spéciale. Dans les porte-clés publicitaires, par exemple, non plus achetés mais dons supplémentaires qui accompagnent des objets prestigieux vendus, ou qui découlent par échange de leur propre sphère, on peut reconnaître la manifestation d'un abandon mystique à la transcendance de la marchandise. Celui qui collectionne les porte-clés qui viennent d'être fabriqués pour être collectionnés accumule *les indulgences de la marchandise*, un signe glorieux de sa présence réelle parmi ses fidèles. L'homme réifié affiche la preuve de son intimité avec la marchandise. Comme dans les transports des convulsionnaires ou miraculés du vieux fétichisme religieux, le fétichisme de la marchandise parvient à des moments d'excitation fervente. Le seul usage qui s'exprime encore ici est l'usage fondamental de la soumission.

68

Sans doute, le pseudo-besoin imposé dans la consommation moderne ne peut être opposé à aucun besoin ou désir authentique qui ne soit lui-même façonné par la société et son histoire. Mais la marchandise abondante est là comme la rupture absolue d'un développement organique des besoins sociaux. Son accumulation mécanique libère un *artificiel illimité*, devant lequel le désir vivant reste désarmé. La puissance cumulative d'un artificiel indépendant entraîne partout *la falsification de la vie sociale*.

69

Dans l'image de l'unification heureuse de la société par la consommation, la division réelle est seulement *suspendue* jusqu'au prochain non-accomplissement dans le consommable. Chaque produit particulier qui doit représenter l'espoir d'un raccourci fulgurant pour accéder enfin à la terre promise de la consommation totale est présenté cérémonieusement à son tour comme la singularité décisive. Mais comme dans le cas de la diffusion instantanée des modes de prénoms apparemment aristocratiques qui vont se trouver portés par presque tous les individus du même âge, l'objet dont on attend un pouvoir singulier n'a pu être proposé à la dévotion des masses que parce qu'il avait été tiré à un assez grand nombre d'exemplaires pour être consommé massivement. Le caractère prestigieux de ce produit quelconque ne lui vient que d'avoir été placé un moment au centre de la vie sociale, comme le mystère révélé de la finalité de la production. L'objet qui était prestigieux dans le spectacle devient vulgaire à l'instant où il entre chez ce consommateur, en même temps que chez tous les autres. Il révèle trop tard sa pauvreté essentielle, qu'il tient naturellement de la misère de sa production. Mais déjà c'est un autre objet qui porte la justification du système et l'exigence d'être reconnu.

70

L'imposture de la satisfaction doit se dénoncer elle-même en se remplaçant, en suivant le changement des produits et celui des conditions générales de la production. Ce qui a affirmé avec la plus parfaite impudence sa propre excellence définitive change pourtant, dans le spectacle diffus mais aussi dans le spectacle concentré, et c'est le système seul qui doit continuer : Staline comme la marchandise démodée sont dénoncés par ceux-là mêmes qui les ont imposés. Chaque *nouveau mensonge* de la publicité est aussi *l'aveu* de son mensonge précédent. Chaque écroulement d'une figure du pouvoir totalitaire révèle la *communauté illusoire* qui l'approuvait unanimement, et qui n'était qu'un agglomérat de solitudes sans illusions.

71

Ce que le spectacle donne comme perpétuel est fondé sur le changement, et doit changer avec sa base. Le spectacle est absolument dogmatique et en même temps ne peut aboutir réellement à aucun dogme solide. Rien ne s'arrête pour lui ; c'est l'état qui lui est naturel et toutefois le plus contraire à son inclination.

72

L'unité irréelle que proclame le spectacle est le masque de la division de classe sur laquelle repose l'unité réelle du mode de production capitaliste. Ce qui oblige les producteurs à participer à l'édification du monde est aussi ce qui les en écarte. Ce qui met en relation les hommes affranchis de leurs limitations locales et nationales est aussi ce qui les éloigne. Ce qui oblige à l'approfondissement du rationnel est aussi ce qui nourrit l'irrationnel de l'exploitation hiérarchique et de la répression. Ce qui fait le pouvoir abstrait de la société fait sa *non-liberté* concrète.

IV. le prolétariat comme sujet et comme représentation

«Le droit égal de tous aux biens et aux jouissances de ce monde, la destruction de toute autorité, la négation de tout frein moral, voilà, si l'on descend au fond des choses, la raison d'être de l'insurrection du 18 mars et la charte de la redoutable association qui lui a fourni une armée.»

(Enquête parlementaire sur l'insurrection du 18 mars.)

73

Le mouvement réel qui supprime les conditions existantes gouverne la société à partir de la victoire de la bourgeoisie dans l'économie, et visiblement depuis la traduction politique de cette victoire. Le développement des forces productives a fait éclater les anciens rapports de production, et tout ordre statique tombe en poussière. Tout ce qui était absolu devient historique.

74

C'est en étant jetés dans l'histoire, en devant participer au travail et aux luttes qui la constituent, que les hommes se voient contraints d'envisager leurs relations d'une manière désabusée. Cette histoire n'a pas d'objet distinct de ce qu'elle réalise sur elle-même, quoique la dernière vision métaphysique inconsciente de l'époque historique puisse regarder la progression productive à travers laquelle l'histoire s'est déployée comme l'objet même de l'histoire. Le *sujet* de l'histoire ne peut être que le vivant se produisant lui-même, devenant maître et possesseur de son monde qui est l'histoire, et existant comme *conscience de son jeu.*

75

Comme un même courant se développent les luttes de classes de la longue *époque révolutionnaire* inaugurée par l'ascension de la bourgeoisie et la *pensée de l'histoire,* la dialectique, la pensée qui ne s'arrête plus à la recherche du sens de l'étant, mais s'élève à la connaissance de la dissolution de tout ce qui est; et dans le mouvement dissout toute séparation.

76

Hegel n'avait plus à *interpréter* le monde, mais la *transformation* du monde. En *interprétant seulement* la transformation, Hegel n'est que l'achèvement *philosophique* de la philosophie. Il veut comprendre un monde *qui se fait lui-même.* Cette pensée historique n'est encore que la conscience qui arrive toujours trop tard, et qui énonce la justification *post festum*. Ainsi, elle n'a dépassé la séparation que *dans la pensée*. Le paradoxe qui consiste à suspendre le sens de toute réalité à son achèvement historique, et à révéler en même temps ce sens en se constituant soi-même en achèvement de l'histoire, découle de ce simple fait que le penseur des révolutions bourgeoises des XVIIᵉ et XVIIIᵉ siècles n'a cherché dans sa philosophie que la *réconciliation* avec leur résultat. « Même comme philosophie de la révolution bourgeoise, elle n'exprime pas tout le processus de cette révolution, mais seulement sa dernière conclusion. En ce sens, elle est une philosophie non de la révolution, mais de la restauration » (Karl Korsch, *Thèses sur Hegel et la révolution*). Hegel a fait, pour la dernière fois, le travail du philosophe, « la glorification de ce qui existe » ; mais déjà ce qui existait pour lui ne pouvait être que la totalité du mouvement historique. La position *extérieure* de la pensée étant en fait maintenue, elle ne pouvait être masquée que par son identification à un projet préalable de l'Esprit, héros absolu qui a fait ce qu'il a voulu et voulu ce qu'il a fait et dont l'accomplissement coïncide avec le présent. Ainsi, la philosophie qui meurt dans la pensée de l'histoire ne peut plus glorifier son monde qu'en le reniant, car pour prendre la parole il lui faut déjà supposer finie cette histoire totale où elle a tout ramené ; et close la session du seul tribunal où peut être rendue la sentence de la vérité.

77

Quand le prolétariat manifeste par sa propre existence en actes que cette pensée de l'histoire ne s'est pas oubliée, le démenti de la *conclusion* est aussi bien la confirmation de la méthode.

78

La pensée de l'histoire ne peut être sauvée qu'en devenant pensée pratique ; et la pratique du prolétariat comme classe révolutionnaire ne peut être moins que la conscience historique opérant sur la totalité de son monde. Tous les courants théoriques du mouvement ouvrier *révolutionnaire* sont issus d'un affrontement critique avec la pensée hégélienne, chez Marx comme chez Stirner et Bakounine.

79

Le caractère inséparable de la théorie de Marx et de la méthode hégélienne est lui-même inséparable du caractère révolutionnaire de cette théorie, c'est-à-dire de sa vérité. C'est en ceci que cette première relation a été généralement ignorée ou mal comprise, ou encore dénoncée comme le faible de ce qui devenait fallacieusement une *doctrine* marxiste. Bernstein, dans *Socialisme théorique et Social-démocratie pratique*, révèle parfaitement cette liaison de la méthode dialectique et de *la prise de parti* historique, en déplorant les prévisions peu scientifiques du *Manifeste* de 1847 sur l'imminence de la révolution prolétarienne en Allemagne : « Cette auto-suggestion historique, tellement erronée que le premier visionnaire politique venu ne pourrait guère trouver mieux, serait incompréhensible chez un Marx, qui à cette époque avait déjà sérieusement étudié l'économie, si on ne devait pas voir en elle le produit d'un reste de la dialectique antithétique hégélienne, dont Marx, pas plus qu'Engels, n'a jamais su complètement se défaire. En ces temps d'effervescence générale, cela lui a été d'autant plus fatal. »

80

Le *renversement* que Marx effectue pour un « sauvetage par transfert » de la pensée des révolutions bourgeoises ne consiste pas trivialement à remplacer par le développement matérialiste des forces productives le parcours de l'Esprit hégélien allant à sa propre rencontre dans le temps, son objectivation étant identique à son aliénation, et ses blessures historiques ne laissant pas de cicatrices. L'histoire devenue réelle n'a plus de *fin*. Marx a ruiné la position *séparée* de Hegel devant ce qui advient ; et la *contemplation* d'un agent suprême extérieur, quel qu'il soit. La théorie n'a plus à connaître que ce qu'elle fait. C'est au contraire la contemplation du mouvement de l'économie, dans la pensée dominante de la société actuelle, qui est l'héritage *non renversé* de la part *non dialectique* dans la tentative hégélienne d'un système circulaire : c'est une approbation qui a perdu la dimension du concept, et qui n'a plus besoin d'un hégélianisme pour se justifier, car le mouvement qu'il s'agit de louer n'est plus qu'un secteur sans pensée du monde, dont le développement mécanique domine effectivement le tout. Le projet de Marx est celui d'une histoire consciente. Le quantitatif qui survient dans le développement aveugle des forces productives simplement économiques doit se changer en appropriation historique qualitative. La *critique de l'économie politique* est le premier acte de cette *fin de la préhistoire* : « De tous les instruments de production, le plus grand pouvoir productif, c'est la classe révolutionnaire elle-même. »

81

Ce qui rattache étroitement la théorie de Marx à la pensée scientifique, c'est la compréhension rationnelle des forces qui s'exercent réellement dans la société. Mais elle est fondamentalement un *au-delà* de la pensée scientifique, où celle-ci n'est conservée qu'en étant dépassée : il s'agit d'une compréhension de la *lutte*, et nullement de la *loi*. «Nous ne connaissons qu'une seule science : la science de l'histoire », dit *L'Idéologie allemande*.

82

L'époque bourgeoise, qui veut fonder scientifiquement l'histoire, néglige le fait que cette science disponible a bien plutôt dû être elle-même fondée historiquement avec l'économie. Inversement, l'histoire ne dépend radicalement de cette connaissance qu'en tant que cette histoire reste *histoire économique*. Combien la part de l'histoire dans l'économie même — le processus global qui modifie ses propres données scientifiques de base — a pu être d'ailleurs négligée par le point de vue de l'observation scientifique, c'est ce que montre la vanité des calculs socialistes qui croyaient avoir établi la périodicité exacte des crises ; et depuis que l'intervention constante de l'État est parvenue à compenser l'effet des tendances à la crise, le même genre de raisonnement voit dans cet équilibre une harmonie économique définitive. Le projet de surmonter l'économie, le projet de la prise de possession de l'histoire, s'il doit connaître — et ramener à lui — la science de la société, ne peut être lui-même *scientifique*. Dans ce dernier mouvement qui croit dominer l'histoire présente par une connaissance scientifique, le point de vue révolutionnaire est resté *bourgeois*.

83

Les courants utopiques du socialisme, quoique fondés eux-mêmes historiquement dans la critique de l'organisation sociale existante, peuvent être justement qualifiés d'utopiques dans la mesure où ils refusent l'histoire — c'est-à-dire la lutte réelle en cours, aussi bien que le mouvement du temps au delà de la perfection immuable de leur image de société heureuse —, mais non parce qu'ils refuseraient la science. Les penseurs utopistes sont au contraire entièrement dominés par la pensée scientifique, telle qu'elle s'était imposée dans les siècles précédents. Ils recherchent le parachèvement de ce système rationnel général : ils ne se considèrent aucunement comme des prophètes désarmés, car ils croient au pouvoir social de la démonstration scientifique et même, dans le cas du saint-simonisme, à la prise du pouvoir par la science. Comment, dit Sombart, « voudraient-ils arracher par des luttes ce qui doit être *prouvé* » ? Cependant, la conception scientifique des utopistes ne s'étend pas à cette connaissance que des groupes sociaux ont des intérêts dans une situation existante, des forces pour la maintenir, et aussi bien des formes de fausse conscience correspondantes à de telles positions. Elle reste donc très en deçà de la réalité historique du développement de la science même, qui s'est trouvé en grande partie orienté par la *demande sociale* issue de tels facteurs, qui sélectionne non seulement ce qui peut être admis, mais aussi ce qui peut être recherché. Les socialistes utopiques, restés prisonniers du *mode d'exposition de la vérité scientifique*, conçoivent cette vérité selon sa pure image abstraite, telle que l'avait vue s'imposer un stade très antérieur de la société. Comme le remarquait Sorel, c'est sur le modèle de l'*astronomie* que les utopistes pensent découvrir et démontrer les lois de la société. L'harmonie visée par eux, hostile à l'histoire, découle d'un essai d'application à la société de la science la moins dépendante de l'histoire. Elle tente de se faire reconnaître avec la même innocence expérimentale que le newtonisme, et la destinée heureuse constamment postulée « joue dans leur science sociale un rôle analogue à celui qui revient à l'inertie dans la mécanique rationnelle » *(Matériaux pour une théorie du prolétariat).*

84

Le côté déterministe-scientifique dans la pensée de Marx fut justement la brèche par laquelle pénétra le processus d'«idéologisation», lui vivant, et d'autant plus dans l'héritage théorique laissé au mouvement ouvrier. La venue du sujet de l'histoire est encore repoussée à plus tard, et c'est la science historique par excellence, l'économie, qui tend de plus en plus largement à garantir la nécessité de sa propre négation future. Mais par là est repoussée hors du champ de la vision théorique la pratique révolutionnaire qui est la seule vérité de cette négation. Ainsi il importe d'étudier patiemment le développement économique, et d'en admettre encore, avec une tranquillité hégélienne, la douleur, ce qui, dans son résultat, reste «cimetière des bonnes intentions». On découvre que maintenant, selon la science des révolutions, *la conscience arrive toujours trop tôt*, et devra être enseignée. «L'histoire nous a donné tort, à nous et à tous ceux qui pensaient comme nous. Elle a montré clairement que l'état du développement économique sur le continent était alors bien loin encore d'être mûr…», dira Engels en 1895. Toute sa vie, Marx a maintenu le point de vue unitaire de sa théorie, mais l'*exposé* de sa théorie s'est porté sur le *terrain* de la pensée dominante en se précisant sous forme de critiques de disciplines particulières, principalement la critique de la science fondamentale de la société bourgeoise, l'économie politique. C'est cette mutilation, ultérieurement acceptée comme définitive, qui a constitué le « marxisme ».

85

Le défaut dans la théorie de Marx est naturellement le défaut de la lutte révolutionnaire du prolétariat de son époque. La classe ouvrière n'a pas décrété la révolution en permanence dans l'Allemagne de 1848 ; la Commune a été vaincue dans l'isolement. La théorie révolutionnaire ne peut donc pas encore atteindre sa propre existence totale. En être réduit à la défendre et la préciser dans la séparation du travail savant, au *British Museum*, impliquait une perte dans la théorie même. Ce sont précisément les justifications scientifiques tirées sur l'avenir du développement de la classe ouvrière, et la pratique organisationnelle combinée à ces justifications, qui deviendront des obstacles à la conscience prolétarienne dans un stade plus avancé.

86

Toute l'insuffisance théorique dans la défense *scientifique* de la révolution prolétarienne peut être ramenée, pour le contenu aussi bien que pour la forme de l'exposé, à une identification du prolétariat à la bourgeoisie *du point de vue de la saisie révolutionnaire du pouvoir.*

87

La tendance à fonder une démonstration de la légalité scientifique du pouvoir prolétarien en faisant état d'expérimentations *répétées* du passé obscurcit, dès le *Manifeste*, la pensée historique de Marx, en lui faisant soutenir une image *linéaire* du développement des modes de production, entraîné par des luttes de classes qui finiraient chaque fois « par une transformation révolutionnaire de la société tout entière ou par la destruction commune des classes en lutte ». Mais dans la réalité observable de l'histoire, de même que « le mode de production asiatique », comme Marx le constatait ailleurs, a conservé son immobilité en dépit de tous les affrontements de classes, de même les jacqueries de serfs n'ont jamais vaincu les barons, ni les révoltes d'esclaves de l'Antiquité les hommes libres. Le schéma linéaire perd de vue d'abord ce fait que *la bourgeoisie est la seule classe révolutionnaire qui ait jamais vaincu* ; en même temps qu'elle est la seule pour qui le développement de l'économie a été cause et conséquence de sa mainmise sur la société. La même simplification a conduit Marx à négliger le rôle économique de l'État dans la gestion d'une société de classes. Si la bourgeoisie ascendante a paru affranchir l'économie de l'État, c'est seulement dans la mesure où l'État ancien se confondait avec l'instrument d'une oppression de classe dans une *économie statique*. La bourgeoisie a développé sa puissance économique autonome dans la période médiévale d'affaiblissement de l'État, dans le moment de fragmentation féodale de pouvoirs équilibrés. Mais l'État moderne qui, par le mercantilisme, a commencé à appuyer le développement de la bourgeoisie, et qui finalement est devenu *son État* à l'heure du « laisser faire, laisser passer », va se révéler ultérieurement doté d'une puissance centrale dans la gestion calculée du *processus économique*. Marx avait pu cependant décrire, dans le *bonapartisme*, cette ébauche de la bureaucratie étatique moderne, fusion du capital et de l'État, constitution d'un « pouvoir national du capital sur le travail, d'une force publique organisée pour l'asservissement social », où la bourgeoisie renonce à toute vie historique qui ne soit sa réduction à l'histoire économique des choses, et veut bien « être condamnée au même néant politique que les autres classes ». Ici sont déjà posées les bases sociopolitiques du spectacle moderne, qui négativement définit le prolétariat comme *seul prétendant à la vie historique.*

88

Les deux seules classes qui correspondent effectivement à la théorie de Marx, les deux classes pures vers lesquelles mène toute l'analyse dans *Le Capital*, la bourgeoisie et le prolétariat, sont également les deux seules classes révolutionnaires de l'histoire, mais à des conditions différentes : la révolution bourgeoise est faite ; la révolution prolétarienne est un projet, né sur la base de la précédente révolution, mais en différant qualitativement. En négligeant l'*originalité* du rôle historique de la bourgeoisie, on masque l'originalité concrète de ce projet prolétarien qui ne peut rien atteindre sinon en portant ses propres couleurs et en connaissant « l'immensité de ses tâches ». La bourgeoisie est venue au pouvoir parce qu'elle est la classe de l'économie en développement. Le prolétariat ne peut être lui-même le pouvoir qu'en devenant *la classe de la conscience.* Le mûrissement des forces productives ne peut garantir un tel pouvoir, même par le détour de la dépossession accrue qu'il entraîne. La saisie jacobine de l'État ne peut être son instrument. Aucune *idéologie* ne peut lui servir à déguiser des buts partiels en buts généraux, car il ne peut conserver aucune réalité partielle qui soit effectivement à lui.

89

Si Marx, dans une période déterminée de sa participation à la lutte du prolétariat, a trop attendu de la prévision scientifique, au point de créer la base intellectuelle des illusions de l'économisme, on sait qu'il n'y a pas succombé personnellement. Dans une lettre bien connue du 7 décembre 1867, accompagnant un article où lui-même critique *Le Capital*, article qu'Engels devait faire passer dans la presse comme s'il émanait d'un adversaire, Marx a exposé clairement la limite de sa propre science : «… La tendance *subjective* de l'auteur (que lui imposaient peut-être sa position politique et son passé), c'est-à-dire la manière dont il se représente lui-même et dont il présente aux autres le résultat ultime du mouvement actuel, du processus social actuel, n'a aucun rapport avec son analyse réelle.» Ainsi Marx, en dénonçant lui-même les «conclusions tendancieuses» de son analyse objective, et par l'ironie du «peut-être» relatif aux choix extra-scientifiques qui se seraient imposés à lui, montre en même temps la clé méthodologique de la fusion des deux aspects.

C'est dans la lutte historique elle-même qu'il faut réaliser la fusion de la connaissance et de l'action, de telle sorte que chacun de ces termes place dans l'autre la garantie de sa vérité. La constitution de la classe prolétarienne en sujet, c'est l'organisation des luttes révolutionnaires et l'organisation de la société dans le *moment révolutionnaire* : c'est là que doivent exister *les conditions pratiques de la conscience,* dans lesquelles la théorie de la praxis se confirme en devenant théorie pratique. Cependant, cette question centrale de l'organisation a été la moins envisagée par la théorie révolutionnaire à l'époque où se fondait le mouvement ouvrier, c'est-à-dire quand cette théorie possédait encore le caractère *unitaire* venu de la pensée de l'histoire (et qu'elle s'était justement donné pour tâche de développer jusqu'à une *pratique* historique unitaire). C'est au contraire le lieu de l'*inconséquence* pour cette théorie, admettant la reprise de méthodes d'application étatiques et hiérarchiques empruntées à la révolution bourgeoise. Les formes d'organisation du mouvement ouvrier développées sur ce renoncement de la théorie ont en retour tendu à interdire le maintien d'une théorie unitaire, la dissolvant en diverses connaissances spécialisées et parcellaires. Cette aliénation idéologique de la théorie ne peut plus alors reconnaître la vérification pratique de la pensée historique unitaire qu'elle a trahie, quand une telle vérification surgit dans la lutte spontanée des ouvriers; elle peut seulement concourir à en réprimer la manifestation et la mémoire. Cependant, ces formes historiques apparues dans la lutte sont justement le milieu pratique qui manquait à la théorie pour qu'elle soit vraie. Elles sont une exigence de la théorie, mais qui n'avait pas été formulée théoriquement. Le *soviet* n'était pas une découverte de la théorie. Et déjà, la plus haute vérité théorique de l'Association Internationale des Travailleurs était sa propre existence en pratique.

91

Les premiers succès de la lutte de l'Internationale la menaient à s'affranchir des influences confuses de l'idéologie dominante qui subsistaient en elle. Mais la défaite et la répression qu'elle rencontra bientôt firent passer au premier plan un conflit entre deux conceptions de la révolution prolétarienne, qui toutes deux contiennent une dimension *autoritaire* par laquelle l'auto-émancipation consciente de la classe est abandonnée. En effet, la querelle devenue irréconciliable entre les marxistes et les bakouninistes était double, portant à la fois sur le pouvoir dans la société révolutionnaire et sur l'organisation présente du mouvement, et en passant de l'un à l'autre de ces aspects, les positions des adversaires se renversent. Bakounine combattait l'illusion d'une abolition des classes par l'usage autoritaire du pouvoir étatique, prévoyant la reconstitution d'une classe dominante bureaucratique et la dictature des plus savants, ou de ceux qui seront réputés tels. Marx, qui croyait qu'un mûrissement inséparable des contradictions économiques et de l'éducation démocratique des ouvriers réduirait le rôle d'un État prolétarien à une simple phase de légalisation de nouveaux rapports sociaux s'imposant objectivement, dénonçait chez Bakounine et ses partisans l'autoritarisme d'une élite conspirative qui s'était délibérément placée au-dessus de l'Internationale, et formait le dessein extravagant d'imposer à la société la dictature irresponsable des plus révolutionnaires, ou de ceux qui se seront eux-mêmes désignés comme tels. Bakounine effectivement recrutait ses partisans sur une telle perspective : « Pilotes invisibles au milieu de la tempête populaire, nous devons la diriger, non par un pouvoir ostensible, mais par la dictature collective de tous les *alliés*. Dictature sans écharpe, sans titre, sans droit officiel, et d'autant plus puissante qu'elle n'aura aucune des apparences du pouvoir. » Ainsi se sont opposées deux *idéologies* de la révolution ouvrière contenant chacune une critique partiellement vraie, mais perdant l'unité de la pensée de l'histoire, et s'instituant elles-mêmes en *autorités* idéologiques. Des organisations puissantes, comme la social-démo-

cratie allemande et la Fédération Anarchiste Ibé-
rique, ont fidèlement servi l'une ou l'autre de ces
idéologies; et partout le résultat a été grandement
différent de ce qui était voulu.

92

Le fait de regarder le but de la révolution prolétarienne comme *immédiatement présent* constitue à
la fois la grandeur et la faiblesse de la lutte anarchiste réelle (car dans ses variantes individualistes,
les prétentions de l'anarchisme restent dérisoires).
De la pensée historique des luttes de classes
modernes, l'anarchisme collectiviste retient uniquement la conclusion, et son exigence absolue de
cette conclusion se traduit également dans son
mépris délibéré de la méthode. Ainsi sa critique
de la *lutte politique* est restée abstraite, tandis que
son choix de la lutte économique n'est lui-même
affirmé qu'en fonction de l'illusion d'une solution
définitive arrachée d'un seul coup sur ce terrain, au
jour de la grève générale ou de l'insurrection. Les
anarchistes *ont à réaliser un idéal.* L'anarchisme est la
négation *encore idéologique* de l'État et des classes,
c'est-à-dire des conditions sociales mêmes de l'idéologie séparée. C'est *l'idéologie de la pure liberté* qui
égalise tout et qui écarte toute idée du mal historique. Ce point de vue de la fusion de toutes les exigences partielles a donné à l'anarchisme le mérite

87

de représenter le refus des conditions existantes pour l'ensemble de la vie, et non autour d'une spécialisation critique privilégiée ; mais cette fusion étant considérée dans l'absolu, selon le caprice individuel, avant sa réalisation effective, a condamné aussi l'anarchisme à une incohérence trop aisément constatable. L'anarchisme n'a qu'à redire, et remettre en jeu dans chaque lutte sa même simple conclusion totale, parce que cette première conclusion était dès l'origine identifiée à l'aboutissement intégral du mouvement. Bakounine pouvait donc écrire en 1873, en quittant la Fédération Jurassienne : « Dans les neuf dernières années on a développé au sein de l'Internationale plus d'idées qu'il n'en faudrait pour sauver le monde, si les idées seules pouvaient le sauver, et je défie qui que ce soit d'en inventer une nouvelle. Le temps n'est plus aux idées, il est aux faits et aux actes. » Sans doute, cette conception conserve de la pensée historique du prolétariat cette certitude que les idées doivent devenir pratiques, mais elle quitte le terrain historique en supposant que les formes adéquates de ce passage à la pratique sont déjà trouvées et ne varieront plus.

93

Les anarchistes, qui se distinguent explicitement de l'ensemble du mouvement ouvrier par leur conviction idéologique, vont reproduire entre eux cette séparation des compétences, en fournissant un terrain favorable à la domination informelle, sur toute organisation anarchiste, des propagandistes et défenseurs de leur propre idéologie, spécialistes d'autant plus médiocres en règle générale que leur activité intellectuelle se propose principalement la répétition de quelques vérités définitives. Le respect idéologique de l'unanimité dans la décision a favorisé plutôt l'autorité incontrôlée, dans l'organisation même, de *spécialistes de la liberté*; et l'anarchisme révolutionnaire attend du peuple libéré le même genre d'unanimité, obtenue par les mêmes moyens. Par ailleurs, le refus de considérer l'opposition des conditions entre une minorité groupée dans la lutte actuelle et la société des individus libres, a nourri une permanente séparation des anarchistes dans le moment de la décision commune, comme le montre l'exemple d'une infinité d'insurrections anarchistes en Espagne, limitées et écrasées sur un plan local.

94

L'illusion entretenue plus ou moins explicitement dans l'anarchisme authentique est l'imminence permanente d'une révolution qui devra donner raison à l'idéologie, et au mode d'organisation pratique dérivé de l'idéologie, en s'accomplissant instantanément. L'anarchisme a réellement conduit, en 1936, une révolution sociale et l'ébauche, la plus avancée qui fut jamais, d'un pouvoir prolétarien. Dans cette circonstance encore il faut noter, d'une part, que le signal d'une insurrection générale avait été imposé par le pronunciamiento de l'armée. D'autre part, dans la mesure où cette révolution n'avait pas été achevée dans les premiers jours, du fait de l'existence d'un pouvoir franquiste dans la moitié du pays, appuyé fortement par l'étranger alors que le reste du mouvement prolétarien international était déjà vaincu, et du fait de la survivance de forces bourgeoises ou d'autres partis ouvriers étatistes dans le camp de la République, le mouvement anarchiste organisé s'est montré incapable d'étendre les demivictoires de la révolution, et même seulement de les défendre. Ses chefs reconnus sont devenus ministres, et otages de l'État bourgeois qui détruisait la révolution pour perdre la guerre civile.

95

Le «marxisme orthodoxe» de la IIe Internationale est l'idéologie scientifique de la révolution socialiste, qui identifie toute sa vérité au processus objectif dans l'économie, et au progrès d'une reconnaissance de cette nécessité dans la classe ouvrière éduquée par l'organisation. Cette idéologie retrouve la confiance en la démonstration pédagogique qui avait caractérisé le socialisme utopique, mais assortie d'une référence *contemplative* au cours de l'histoire : cependant, une telle attitude a autant perdu la dimension hégélienne d'une histoire totale qu'elle a perdu l'image immobile de la totalité présente dans la critique utopiste (au plus haut degré, chez Fourier). C'est d'une telle attitude scientifique, qui ne pouvait faire moins que de relancer en symétrie des choix éthiques, que procèdent les fadaises d'Hilferding quand il précise que reconnaître la nécessité du socialisme ne donne pas « d'indication sur l'attitude pratique à adopter. Car c'est une chose de reconnaître une nécessité, et c'en est une autre de se mettre au service de cette nécessité » *(Capital financier)*. Ceux qui ont méconnu que la pensée unitaire de l'histoire, pour Marx et pour le prolétariat révolutionnaire, *n'était rien de distinct d'une attitude pratique à adopter*, devaient être normalement victimes de la pratique qu'ils avaient simultanément adoptée.

96

L'idéologie de l'organisation social-démocrate la mettait au pouvoir des *professeurs* qui éduquaient la classe ouvrière, et la forme d'organisation adoptée était la forme adéquate à cet apprentissage passif.

La participation des socialistes de la IIᵉ Internationale aux luttes politiques et économiques était certes concrète, mais profondément *non critique*. Elle était menée, au nom de *l'illusion révolutionnaire*, selon une pratique manifestement *réformiste*. Ainsi l'idéologie révolutionnaire devait être brisée par le succès même de ceux qui la portaient. La séparation des députés et des journalistes dans le mouvement entraînait vers le mode de vie bourgeois ceux qui déjà étaient recrutés parmi les intellectuels bourgeois. La bureaucratie syndicale constituait en courtiers de la force de travail, à vendre comme marchandise à son juste prix, ceux mêmes qui étaient recrutés à partir des luttes des ouvriers industriels, et extraits d'eux. Pour que leur activité à tous gardât quelque chose de révolutionnaire, il eût fallu que le capitalisme se trouvât opportunément incapable de *supporter* économiquement ce réformisme qu'il tolérait politiquement dans leur agitation légaliste. C'est une telle incompatibilité que leur science garantissait ; et que l'histoire démentait à tout instant.

97

Cette contradiction dont Bernstein, parce qu'il était le social-démocrate le plus éloigné de l'idéologie politique et le plus franchement rallié à la méthodologie de la science bourgeoise, eut l'hon-

nêteté de vouloir montrer la réalité — et le mouvement réformiste des ouvriers anglais, en se passant d'idéologie révolutionnaire, l'avait montré
aussi — ne devait pourtant être démontrée sans
réplique que par le développement historique lui-
même. Bernstein, quoique plein d'illusions par
ailleurs, avait nié qu'une crise de la production
capitaliste vint miraculeusement forcer la main
aux socialistes qui ne voulaient hériter de la révolution que par un tel sacre légitime. Le moment
de profond bouleversement social qui surgit avec
la Première Guerre mondiale, encore qu'il fût
fertile en prise de conscience, démontra deux
fois que la hiérarchie social-démocrate n'avait pas
éduqué révolutionnairement, n'avait nullement
rendu théoriciens, les ouvriers allemands : d'abord
quand la grande majorité du parti se rallia à la
guerre impérialiste, ensuite quand, dans la défaite,
elle écrasa les révolutionnaires spartakistes. L'ex-
ouvrier Ebert croyait encore au péché, puisqu'il
avouait haïr la révolution «comme le péché». Et le
même dirigeant se montra bon précurseur de la
représentation socialiste qui devait peu après s'opposer en ennemi absolu au prolétariat de Russie et
d'ailleurs, en formulant l'exact programme de
cette nouvelle aliénation : «Le socialisme veut dire
travailler beaucoup.»

Lénine n'a été, comme penseur marxiste, que le *kautskiste fidèle* et conséquent, qui appliquait *l'idéologie révolutionnaire* de ce «marxisme orthodoxe» dans les conditions russes, conditions qui ne permettaient pas la pratique réformiste que la IIᵉ Internationale menait en contrepartie. La direction *extérieure* du prolétariat, agissant au moyen d'un parti clandestin discipliné, soumis aux intellectuels qui sont devenus «révolutionnaires professionnels», constitue ici une profession qui ne veut pactiser avec aucune profession dirigeante de la société capitaliste (le régime politique tsariste étant d'ailleurs incapable d'offrir une telle ouverture dont la base est un stade avancé du pouvoir de la bourgeoisie). Elle devient donc *la profession de la direction absolue* de la société.

99

Le radicalisme idéologique autoritaire des bolcheviks s'est déployé à l'échelle mondiale avec la guerre et l'effondrement de la social-démocratie internationale devant la guerre. La fin sanglante des illusions démocratiques du mouvement ouvrier

avait fait du monde entier une Russie, et le bolchevisme, régnant sur la première rupture révolutionnaire qu'avait amenée cette époque de crise, offrait
au prolétariat de tous les pays son modèle hiérarchique et idéologique, pour « parler en russe » à la
classe dominante. Lénine n'a pas reproché au
marxisme de la IIe Internationale d'être une *idéologie* révolutionnaire, mais d'avoir cessé de l'être.

100

Le même moment historique, où le bolchevisme
a triomphé *pour lui-même* en Russie, et où la social-
démocratie a combattu victorieusement *pour le
vieux monde,* marque la naissance achevée d'un
ordre des choses qui est au cœur de la domination
du spectacle moderne : la *représentation ouvrière* s'est
opposée radicalement à la classe.

101

« Dans toutes les révolutions antérieures, écri-
vait Rosa Luxembourg dans la *Rote Fahne* du
21 décembre 1918, les combattants s'affrontaient à
visage découvert : classe contre classe, programme
contre programme. Dans la révolution présente les
troupes de protection de l'ancien ordre n'inter-

viennent pas sous l'enseigne des classes dirigeantes, mais sous le drapeau d'un "parti social-démocrate". Si la question centrale de la révolution était posée ouvertement et honnêtement : capitalisme ou socialisme, aucun doute, aucune hésitation ne seraient aujourd'hui possibles dans la grande masse du prolétariat. » Ainsi, quelques jours avant sa destruction, le courant radical du prolétariat allemand découvrait le secret des nouvelles conditions qu'avait créées tout le processus antérieur (auquel la représentation ouvrière avait grandement contribué) : l'organisation spectaculaire de la défense de l'ordre existant, le règne social des apparences où aucune « question centrale » ne peut plus se poser « ouvertement et honnêtement ». La représentation révolutionnaire du prolétariat à ce stade était devenue à la fois le facteur principal et le résultat central de la falsification générale de la société.

102

L'organisation du prolétariat sur le modèle bolchevik, qui était née de l'arriération russe et de la démission du mouvement ouvrier des pays avancés devant la lutte révolutionnaire, rencontra aussi dans l'arriération russe toutes les conditions qui portaient cette forme d'organisation vers le renversement contre-révolutionnaire qu'elle contenait inconsciemment dans son germe originel ; et la démission réitérée de la masse du mouvement ouvrier européen devant le *Hic Rhodus, hic salta* de la période 1918-1920, démission qui incluait la destruction violente de sa minorité radicale, favorisa le développement complet du processus et en laissa le résultat mensonger s'affirmer devant le monde comme la seule solution prolétarienne. La saisie du monopole étatique de la représentation et de la défense du pouvoir des ouvriers, qui justifia le parti bolchevik, le fit *devenir ce qu'il était* : le parti des *propriétaires du prolétariat*, éliminant pour l'essentiel les formes précédentes de propriété.

103

Toutes les conditions de la liquidation du tsarisme envisagées dans le débat théorique toujours insatisfaisant des diverses tendances de la social-démocratie russe depuis vingt ans — faiblesse de la bourgeoisie, poids de la majorité paysanne, rôle décisif d'un prolétariat concentré et combatif mais extrêmement minoritaire dans le pays — révélèrent enfin dans la pratique leur solution, à travers une donnée qui n'était pas présente dans les hypothèses : la bureaucratie révolutionnaire qui dirigeait le prolétariat, en s'emparant de l'État, donna à la société une nouvelle domination de classe. La révolution strictement bourgeoise était impossible ; la « dictature démocratique des ouvriers et des paysans » était vide de sens ; le pouvoir prolétarien des soviets ne pouvait se maintenir à la fois contre la classe des paysans propriétaires, la réaction blanche nationale et internationale, et sa propre représentation extériorisée et aliénée en parti ouvrier des maîtres absolus de l'État, de l'économie, de l'expression, et bientôt de la pensée. La théorie de la révolution permanente de Trotsky et Parvus, à laquelle Lénine se rallia effectivement en avril 1917, était la seule à devenir vraie pour les pays arriérés en regard du développement social de la bourgeoisie, mais seulement après l'introduction de ce facteur inconnu qu'était le pouvoir de classe de la bureaucratie. La concentration de la dictature entre les mains de la représentation suprême de l'idéologie fut défendue avec le plus de conséquence par Lénine, dans les nombreux affrontements de la direction bolchevik. Lénine avait chaque fois raison contre ses adversaires en ceci qu'il soutenait la solution impliquée par les choix précédents du pouvoir absolu minoritaire : la démocratie refusée *étatiquement* aux paysans devait l'être aux ouvriers, ce qui menait à la refuser aux dirigeants communistes des syndicats, et dans tout le parti, et finalement jusqu'au sommet du parti hiérarchique. Au Xe Congrès, au moment où le soviet de Cronstadt était abattu par les armes et enterré sous la calomnie, Lénine prononçait contre les bureaucrates gauchistes organisés en « Opposition Ouvrière » cette conclusion dont Staline allait étendre la logique jusqu'à une parfaite division du monde : « Ici, ou là-bas avec un fusil, mais pas avec l'opposition… Nous en avons assez de l'opposition. »

104

La bureaucratie restée seule propriétaire d'un *capitalisme d'État* a d'abord assuré son pouvoir à l'intérieur par une alliance temporaire avec la paysannerie, après Cronstadt, lors de la « nouvelle politique économique », comme elle l'a défendu à l'extérieur en utilisant les ouvriers enrégimentés dans les partis bureaucratiques de la IIIᵉ Internationale comme force d'appoint de la diplomatie russe, pour saboter tout mouvement révolutionnaire et soutenir des gouvernements bourgeois dont elle escomptait un appui en politique internationale (le pouvoir du Kuo-min-tang dans la Chine de 1925-1927, le Front Populaire en Espagne et en France, etc.). Mais la société bureaucratique devait poursuivre son propre achèvement par la terreur exercée sur la paysannerie pour réaliser l'accumulation capitaliste primitive la plus brutale de l'histoire. Cette industrialisation de l'époque stalinienne révèle la réalité dernière de la *bureaucratie* : elle est la continuation du pouvoir de l'économie, le sauvetage de l'essentiel de la société marchande maintenant le travail-marchandise. C'est la preuve de l'économie indépendante, qui domine la société au point de recréer pour ses propres fins la domination de classe qui lui est nécessaire : ce qui revient à dire que la bourgeoisie a créé une puissance autonome qui, tant que subsiste cette autonomie, peut aller jusqu'à se passer d'une bourgeoisie. La bureaucratie totalitaire n'est pas « la dernière classe propriétaire de l'histoire » au sens de Bruno Rizzi, mais seulement *une classe dominante de substitution* pour l'économie marchande. La propriété privée capitaliste défaillante est remplacée par un sous-produit simplifié, moins diversifié, *concentré* en propriété collective de la classe bureaucratique. Cette forme sous-développée de classe dominante est aussi l'expression du sous-développement économique ; et n'a d'autre perspective que rattraper le retard de ce développement en certaines régions du monde. C'est le parti ouvrier, organisé selon le modèle bourgeois de la séparation, qui a fourni le cadre hiérarchique-étatique à cette édition supplémentaire de la classe dominante. Anton Ciliga notait dans une prison de Staline que « les questions techniques d'organisation se révélaient être des questions sociales » *(Lénine et la Révolution)*.

105

L'idéologie révolutionnaire, la *cohérence du séparé* dont le léninisme constitue le plus haut effort volontariste, détenant la gestion d'une réalité qui la repousse, avec le stalinisme *reviendra à sa vérité dans l'incohérence*. À ce moment l'idéologie n'est plus une arme, mais une fin. Le mensonge qui n'est plus contredit devient folie. La réalité aussi bien que le but sont dissous dans la proclamation idéologique totalitaire : tout ce qu'elle dit est tout ce qui est. C'est un primitivisme local du spectacle, dont le rôle est cependant essentiel dans le développement du spectacle mondial. L'idéologie qui se matérialise ici n'a pas transformé économiquement le monde, comme le capitalisme parvenu au stade de l'abondance ; elle a seulement transformé policièrement *la perception*.

106

La classe idéologique-totalitaire au pouvoir est le pouvoir d'un monde renversé : plus elle est forte, plus elle affirme qu'elle n'existe pas, et sa force lui sert d'abord à affirmer son inexistence. Elle est modeste sur ce seul point, car son inexistence officielle doit aussi coïncider avec le *nec plus ultra* du développement historique, que simultanément on devrait à son infaillible commandement. Étalée partout, la bureaucratie doit être la *classe invisible* pour la conscience, de sorte que c'est toute la vie sociale qui devient démente. L'organisation sociale du mensonge absolu découle de cette contradiction fondamentale.

Le stalinisme fut le règne de la terreur dans la classe bureaucratique elle-même. Le terrorisme qui fonde le pouvoir de cette classe doit frapper aussi cette classe, car elle ne possède aucune garantie juridique, aucune existence reconnue en tant que classe propriétaire, qu'elle pourrait étendre à chacun de ses membres. Sa propriété réelle est dissimulée, et elle n'est devenue propriétaire que par la voie de la fausse conscience. La fausse conscience ne maintient son pouvoir absolu que par la terreur absolue, où tout vrai motif finit par se perdre. Les membres de la classe bureaucratique au pouvoir n'ont le droit de possession sur la société que collectivement, en tant que participant à un mensonge fondamental : il faut qu'ils jouent le rôle du prolétariat dirigeant une société socialiste ; qu'ils soient les acteurs fidèles au texte de l'infidélité idéologique. Mais la participation effective à cet être mensonger doit se voir elle-même reconnue comme une participation véridique. Aucun bureaucrate ne peut soutenir individuellement son droit au pouvoir, car prouver qu'il est un prolétaire socialiste serait se manifester comme le contraire d'un bureaucrate ; et prouver qu'il est un bureaucrate est impossible, puisque la vérité officielle de la bureaucratie est de ne pas être. Ainsi chaque bureaucrate est dans la dépendance absolue d'une *garantie centrale* de l'idéologie, qui reconnaît une participation collective à son «pouvoir socialiste» de *tous les bureaucrates qu'elle n'anéantit pas.* Si les bureaucrates pris ensemble décident de tout, la cohésion de leur propre classe ne peut être assurée que par la concentration de leur pouvoir terroriste en une seule personne. Dans cette personne réside la seule vérité pratique du mensonge *au pouvoir*: la fixation indiscutable de sa frontière toujours rectifiée. Staline décide sans appel qui est finalement bureaucrate possédant; c'est-à-dire qui doit être appelé «prolétaire au pouvoir» ou bien «traître à la solde du Mikado et de Wall Street». Les atomes bureaucratiques ne trouvent l'essence commune de leur droit que dans la personne de Staline. Staline est ce souverain du monde qui se sait de cette façon la personne absolue, pour la conscience de laquelle il n'existe pas d'esprit plus haut. «Le souverain du monde possède la conscience effective de ce qu'il est — la puissance universelle de l'effectivité — dans la violence destructrice qu'il exerce contre le Soi de ses sujets lui faisant contraste.» En même temps qu'il est la puissance qui définit le terrain de la domination, il est *« la puissance ravageant ce terrain »*.

Quand l'idéologie, devenue absolue par la possession du pouvoir absolu, s'est changée d'une connaissance parcellaire en un mensonge totalitaire, la pensée de l'histoire a été si parfaitement anéantie que l'histoire elle-même, au niveau de la connaissance la plus empirique, ne peut plus exister. La société bureaucratique totalitaire vit dans un présent perpétuel, où tout ce qui est advenu existe seulement pour elle comme un espace accessible à sa police. Le projet, déjà formulé par Napoléon, de «diriger monarchiquement l'énergie des souvenirs» a trouvé sa concrétisation totale dans une manipulation permanente du passé, non seulement dans les significations, mais dans les faits. Mais le prix de cet affranchissement de toute réalité historique est la perte de la référence rationnelle qui est indispensable à la société *historique* du capitalisme. On sait ce que l'application scientifique de l'idéologie devenue folle a pu coûter à l'économie russe, ne serait-ce qu'avec l'imposture de Lyssenko. Cette contradiction de la bureaucratie totalitaire administrant une société industrialisée, prise entre son besoin du rationnel et son refus du rationnel, constitue aussi une de ses déficiences principales en regard du développement capitaliste normal. De même que la bureaucratie ne peut résoudre comme lui la question de l'agriculture, de même elle lui est finalement inférieure dans la production industrielle, planifiée autoritairement sur les bases de l'irréalisme et du mensonge généralisé.

109

Le mouvement ouvrier révolutionnaire, entre les deux guerres, fut anéanti par l'action conjuguée de la bureaucratie stalinienne et du totalitarisme fasciste, qui avait emprunté sa forme d'organisation au parti totalitaire expérimenté en Russie. Le fascisme a été une défense extrémiste de l'économie bourgeoise menacée par la crise et la subversion prolétarienne, *l'état de siège* dans la société capitaliste, par lequel cette société se sauve, et se donne une première rationalisation d'urgence en faisant intervenir massivement l'État dans sa gestion. Mais une telle rationalisation est elle-même grevée de l'immense irrationalité de son moyen. Si le fascisme se porte à la défense des principaux points de l'idéologie bourgeoise devenue conservatrice (la famille, la propriété, l'ordre moral, la nation) en réunissant la petite bourgeoisie et les chômeurs affolés par la crise ou déçus par l'impuissance de la révolution socialiste, il n'est pas lui-même foncièrement idéologique. Il se donne pour ce qu'il est : une résurrection violente du *mythe*, qui exige la participation à une communauté définie par des pseudo-valeurs archaïques : la race, le sang, le chef. Le fascisme est *l'archaïsme techniquement équipé*. Son *ersatz* décomposé du mythe est repris dans le contexte spectaculaire des moyens de conditionnement et d'illusion les plus modernes. Ainsi, il est un des facteurs dans la formation du spectaculaire moderne, de même que sa part dans la destruction de l'ancien mouvement ouvrier fait de lui une des puissances fondatrices de la société présente ; mais comme le fascisme se trouve être aussi la forme *la plus coûteuse* du maintien de l'ordre capitaliste, il devait normalement quitter le devant de la scène qu'occupent les grands rôles des États capitalistes, éliminé par des formes plus rationnelles et plus fortes de cet ordre.

110

Quand la bureaucratie russe a enfin réussi à se défaire des traces de la propriété bourgeoise qui entravaient son règne sur l'économie, à développer celle-ci pour son propre usage, et à être reconnue au-dehors parmi les grandes puissances, elle veut jouir calmement de son propre monde, en supprimer cette part d'arbitraire qui s'exerçait sur elle-même : elle dénonce le stalinisme de son origine. Mais une telle dénonciation reste stalinienne, arbitraire, inexpliquée, et sans cesse corrigée, car *le mensonge idéologique de son origine ne peut jamais être révélé.* Ainsi la bureaucratie ne peut se libéraliser ni culturellement ni politiquement car son existence comme classe dépend de son monopole idéologique qui, dans toute sa lourdeur, est son seul titre de propriété. L'idéologie a certes perdu la passion de son affirmation positive, mais ce qui en subsiste de trivialité indifférente a encore cette fonction répressive d'interdire la moindre concurrence, de tenir captive la totalité de la pensée. La bureaucratie est ainsi liée à une idéologie qui n'est plus crue par personne. Ce qui était terroriste est devenu dérisoire, mais cette dérision même ne peut se maintenir qu'en conservant à l'arrière-plan le terrorisme dont elle voudrait se défaire. Ainsi, au moment même où la bureaucratie veut montrer sa supériorité sur le terrain du capitalisme, elle s'avoue un *parent pauvre* du capitalisme. De même que son histoire effective est en contradiction avec son droit, et son ignorance grossièrement entretenue en contradiction avec ses prétentions scientifiques, son projet de rivaliser avec la bourgeoisie dans la production d'une abondance marchande est entravé par ce fait qu'une telle abondance porte en elle-même *son idéologie implicite*, et s'assortit normalement d'une liberté indéfiniment étendue de faux choix spectaculaires, pseudo-liberté qui reste inconciliable avec l'idéologie bureaucratique.

À ce moment du développement, le titre de propriété idéologique de la bureaucratie s'effondre déjà à l'échelle internationale. Le pouvoir qui s'était établi nationalement en tant que modèle fondamentalement internationaliste doit admettre qu'il ne peut plus prétendre maintenir sa cohésion mensongère au delà de chaque frontière nationale. L'inégal développement économique que connaissent des bureaucraties, aux intérêts concurrents, qui ont réussi à posséder leur « socialisme » en dehors d'un seul pays, a conduit à l'affrontement public et complet du mensonge russe et du mensonge chinois. À partir de ce point, chaque bureaucratie au pouvoir, ou chaque parti totalitaire candidat au pouvoir laissé par la période stalinienne dans quelques classes ouvrières nationales, doit suivre sa propre voie. S'ajoutant aux manifestations de négation intérieure qui commencèrent à s'affirmer devant le monde avec la révolte ouvrière de Berlin-Est opposant aux bureaucrates son exigence d'« un gouvernement de métallurgistes », et qui sont déjà allées une fois jusqu'au pouvoir des conseils ouvriers de Hongrie, la décomposition mondiale de l'alliance de la mystification bureaucratique est, en dernière analyse, le facteur le plus défavorable pour le développement actuel de la société capitaliste. La bourgeoisie est en train de perdre l'adversaire qui la soutenait objectivement en unifiant illusoirement toute négation de l'ordre existant. Une telle division du travail spectaculaire voit sa fin quand le rôle pseudo-révolutionnaire se divise à son tour. L'élément spectaculaire de la dissolution du mouvement ouvrier va être lui-même dissous.

112

L'illusion léniniste n'a plus d'autre base actuelle que dans les diverses tendances trotskistes, où l'identification du projet prolétarien à une organisation hiérarchique de l'idéologie survit inébranlablement à l'expérience de tous ses résultats. La distance qui sépare le trotskisme de la critique révolutionnaire de la société présente permet aussi la distance respectueuse qu'il observe à l'égard de positions qui étaient déjà fausses quand elles s'usèrent dans un combat réel. Trotsky est resté jusqu'en 1927 fondamentalement solidaire de la haute bureaucratie, tout en cherchant à s'en emparer pour lui faire reprendre une action réellement bolchevik à l'extérieur (on sait qu'à ce moment pour aider à dissimuler le fameux «testament de Lénine», il alla jusqu'à désavouer calomnieusement son partisan Max Eastman qui l'avait divulgué). Trotsky a été condamné par sa perspective

fondamentale, parce qu'au moment où la bureaucratie se connaît elle-même dans son résultat
comme classe contre-révolutionnaire à l'intérieur,
elle doit choisir aussi d'être effectivement contre-
révolutionnaire à l'extérieur au nom de la révolution, *comme chez elle.* La lutte ultérieure de Trotsky
pour une IV\e Internationale contient la même
inconséquence. Il a refusé toute sa vie de reconnaître dans la bureaucratie le pouvoir d'une classe
séparée, parce qu'il était devenu pendant la
deuxième révolution russe le partisan incondition-
nel de la forme bolchevik d'organisation. Quand
Lukàcs, en 1923, montrait dans cette forme la
médiation enfin trouvée entre la théorie et la
pratique, où les prolétaires cessent d'être « des *spec-*
tateurs » des événements survenus dans leur organisation, mais les ont consciemment choisis et vécus,
il décrivait comme mérites effectifs du parti bolchevik tout ce que le parti bolchevik *n'était pas.*
Lukàcs était encore, à côté de son profond travail
théorique, un idéologue, parlant au nom du pouvoir le plus vulgairement extérieur au mouvement
prolétarien, en croyant et en faisant croire qu'il se
trouvait lui-même, avec sa personnalité totale, dans
ce pouvoir comme dans *le sien propre.* Alors que la
suite manifestait de quelle manière ce pouvoir
désavoue et supprime ses valets, Lukàcs, se désa-
vouant lui-même sans fin, a fait voir avec une net-
teté caricaturale à quoi il s'était exactement
identifié : au *contraire* de lui-même, et de ce qu'il
avait soutenu dans *Histoire et conscience de classe.*

Lukàcs vérifie au mieux la règle fondamentale qui juge tous les intellectuels de ce siècle : ce qu'ils *respectent* mesure exactement leur propre réalité *méprisable*. Lénine n'avait cependant guère flatté ce genre d'illusions sur son activité, lui qui convenait qu'«un parti politique ne peut examiner ses membres pour voir s'il y a des contradictions entre leur philosophie et le programme du parti». Le parti réel dont Lukàcs avait présenté à contretemps le portrait rêvé n'était cohérent que pour une tâche précise et partielle : saisir le pouvoir dans l'État.

113

L'illusion néo-léniniste du trotskisme actuel, parce qu'elle est à tout moment démentie par la réalité de la société capitaliste moderne, tant bourgeoise que bureaucratique, trouve naturellement un champ d'application privilégié dans les pays «sous-développés» formellement indépendants, où l'illusion d'une quelconque variante de socialisme étatique et bureaucratique est consciemment manipulée comme *la simple idéologie du développement économique*, par les classes dirigeantes locales. La composition hybride de ces classes se rattache plus ou moins nettement à une gradation sur le spectre bourgeoisie-bureaucratie. Leur jeu à l'échelle internationale entre ces deux pôles du pouvoir capitaliste existant, aussi bien que leurs compromis idéologiques — notamment avec l'islamisme — exprimant la réalité hybride de leur base sociale, achèvent d'enlever à ce dernier sous-produit du socialisme idéologique tout sérieux autre que policier. Une bureaucratie a pu se former en encadrant la lutte nationale et la révolte agraire des paysans : elle tend alors, comme en Chine, à appliquer le modèle stalinien d'industrialisation dans une société moins développée que la Russie de 1917. Une bureaucratie capable d'industrialiser la nation peut se former à partir de la petite bourgeoisie des cadres de l'armée saisissant le pouvoir, comme le montre l'exemple de l'Égypte. En certains points, dont l'Algérie à l'issue de sa guerre d'indépendance, la bureaucratie, qui s'est constituée comme direction para-étatique pendant la lutte, recherche le point d'équilibre d'un compromis pour fusionner avec une faible bourgeoisie nationale. Enfin dans les anciennes colonies d'Afrique noire qui restent ouvertement liées à la bourgeoisie occidentale, américaine et européenne, une bourgeoisie se constitue — le plus souvent à partir de la puissance des chefs traditionnels du tribalisme — *par la possession de l'État* : dans ces pays où l'impérialisme étranger reste le vrai maître de l'économie, vient un stade où les *compradores* ont reçu en compensation de leur vente des produits indigènes la propriété d'un État indigène, indépendant devant les masses locales mais non devant l'impérialisme. Dans ce cas, il s'agit d'une bourgeoisie artificielle qui n'est pas capable d'accumuler, mais qui simplement *dilapide*, tant la part de plus-value du travail local qui lui revient que les subsides étrangers des États ou monopoles qui sont ses protecteurs. L'évidence de l'incapacité de ces classes bourgeoises à remplir la fonction économique normale de la bourgeoisie dresse devant chacune d'elles une subversion sur le modèle bureaucratique plus ou moins adapté aux particularités locales, qui veut saisir son héritage. Mais la réussite même d'une bureaucratie dans son projet fondamental d'industrialisation contient nécessairement la perspective de son échec historique : en accumulant le capital, elle accumule le prolétariat, et crée son propre démenti, dans un pays où il n'existait pas encore.

114

Dans ce développement complexe et terrible qui a emporté l'époque des luttes de classes vers de nouvelles conditions, le prolétariat des pays industriels a complètement perdu l'affirmation de sa perspective autonome et, en dernière analyse, *ses illusions*, mais non son être. Il n'est pas supprimé. Il demeure irréductiblement existant dans l'aliénation intensifiée du capitalisme moderne : il est l'immense majorité des travailleurs qui ont perdu tout pouvoir sur l'emploi de leur vie, et qui, *dès qu'ils le savent,* se redéfinissent comme le prolétariat, le négatif à l'œuvre dans cette société. Ce prolétariat est objectivement renforcé par le mouvement de disparition de la paysannerie, comme par l'extension de la logique du travail en usine qui s'applique à une grande partie des «services» et des professions intellectuelles. C'est *subjectivement* que ce prolétariat est encore éloigné de sa conscience pratique de classe, non seulement chez les employés mais aussi chez les ouvriers qui n'ont encore découvert que l'impuissance et la mystification de la vieille politique. Cependant, quand le prolétariat découvre que sa propre force extériorisée concourt au renforcement permanent de la société capitaliste, non plus seulement sous la forme de son travail, mais aussi sous la forme des syndicats, des partis ou de la puissance étatique qu'il avait constitués pour s'émanciper, il découvre aussi par l'expérience historique concrète qu'il est la classe totalement ennemie de toute extériorisation figée et de toute spécialisation du pouvoir. Il porte *la révolution qui ne peut rien laisser à l'extérieur d'elle-même,* l'exigence de la domination permanente du présent sur le passé, et la critique totale de la séparation ; et c'est cela dont il doit trouver la forme adéquate dans l'action. Aucune amélioration quantitative de sa misère, aucune illusion d'intégration hiérarchique, ne sont un remède durable à son insatisfaction, car le prolétariat ne peut se reconnaître véridiquement dans un tort particulier qu'il aurait subi ni donc *dans la répara-*

tion d'un tort particulier, ni d'un grand nombre de ces torts, mais seulement dans le *tort absolu* d'être rejeté en marge de la vie.

115

Aux nouveaux signes de négation, incompris et falsifiés par l'aménagement spectaculaire, qui se multiplient dans les pays les plus avancés économiquement, on peut déjà tirer cette conclusion qu'une nouvelle époque s'est ouverte : après la première tentative de subversion ouvrière, *c'est maintenant l'abondance capitaliste qui a échoué.* Quand les luttes anti-syndicales des ouvriers occidentaux sont réprimées d'abord par les syndicats, et quand les courants révoltés de la jeunesse lancent une première protestation informe, dans laquelle pourtant le refus de l'ancienne politique spécialisée, de l'art et de la vie quotidienne, est immédiatement impliqué, ce sont là les deux faces d'une nouvelle lutte spontanée qui commence sous l'aspect *criminel.* Ce sont les signes avant-coureurs du deuxième assaut prolétarien contre la société de classes. Quand les enfants perdus de cette armée encore immobile reparaissent sur ce terrain, devenu autre et resté le même, ils suivent un nouveau « général Ludd » qui, cette fois, les lance dans la destruction des *machines de la consommation permise.*

« La forme politique enfin découverte sous laquelle l'émancipation économique du travail pouvait être réalisée » a pris dans ce siècle une nette figure dans les Conseils ouvriers révolutionnaires, concentrant en eux toutes les fonctions de décision et d'exécution, et se fédérant par le moyen de délégués responsables devant la base et révocables à tout instant. Leur existence effective n'a encore été qu'une brève ébauche, aussitôt combattue et vaincue par différentes forces de défense de la société de classes, parmi lesquelles il faut souvent compter leur propre fausse conscience. Pannekoek insistait justement sur le fait que le choix d'un pouvoir des Conseils ouvriers « propose des problèmes » plutôt qu'il n'apporte une solution. Mais ce pouvoir est précisément le lieu où les problèmes de la révolution du prolétariat peuvent trouver leur vraie solution. C'est le lieu où les conditions objectives de la conscience historique sont réunies ; la réalisation de la communication directe *active*, où finissent la spécialisation, la hiérarchie et la séparation, où les conditions existantes ont été transformées « en conditions d'unité ». Ici le sujet prolétarien peut émerger de sa lutte contre la contemplation : sa conscience est égale à l'organisation pratique qu'elle s'est donnée, car cette conscience même est inséparable de l'intervention cohérente dans l'histoire.

117

Dans le pouvoir des Conseils, qui doit supplanter internationalement tout autre pouvoir, le mouvement prolétarien est son propre produit, et ce produit est le producteur même. Il est à lui-même son propre but. Là seulement la négation spectaculaire de la vie est niée à son tour.

118

L'apparition des Conseils fut la réalité la plus haute du mouvement prolétarien dans le premier quart du siècle, réalité qui resta inaperçue ou travestie parce qu'elle disparaissait avec le reste du mouvement que l'ensemble de l'expérience historique d'alors démentait et éliminait. Dans le nouveau moment de la critique prolétarienne, ce résultat revient comme le seul point invaincu du mouvement vaincu. La conscience historique qui sait qu'elle a en lui son seul milieu d'existence peut le reconnaître maintenant, non plus à la périphérie de ce qui reflue, mais au centre de ce qui monte.

119

Une organisation révolutionnaire existant avant le pouvoir des Conseils — elle devra trouver en luttant sa propre forme — pour toutes ces raisons historiques sait déjà qu'elle *ne représente pas* la classe. Elle doit seulement se reconnaître elle-même comme une séparation radicale d'avec *le monde de la séparation.*

120

L'organisation révolutionnaire est l'expression cohérente de la théorie de la praxis entrant en communication non unilatérale avec les luttes pratiques, en devenir vers la théorie pratique. Sa propre pratique est la généralisation de la communication et de la cohérence dans ces luttes. Dans le moment révolutionnaire de la dissolution de la séparation sociale, cette organisation doit reconnaître sa propre dissolution en tant qu'organisation séparée.

L'organisation révolutionnaire ne peut être que la critique unitaire de la société, c'est-à-dire une critique qui ne pactise avec aucune forme de pouvoir séparé, en aucun point du monde, et une critique prononcée globalement contre tous les aspects de la vie sociale aliénée. Dans la lutte de l'organisation révolutionnaire contre la société de classes, les armes ne sont pas autre chose que l'*essence* des combattants mêmes : l'organisation révolutionnaire ne peut reproduire en elle les conditions de scission et de hiérarchie qui sont celles de la société dominante. Elle doit lutter en permanence contre sa déformation dans le spectacle régnant. La seule limite de la participation à la démocratie totale de l'organisation révolutionnaire est la reconnaissance et l'auto-appropriation effective, par tous ses membres, de la cohérence de sa critique, cohérence qui doit se prouver dans la théorie critique proprement dite et dans la relation entre celle-ci et l'activité pratique.

122

Quand la réalisation toujours plus poussée de l'aliénation capitaliste à tous les niveaux, en rendant toujours plus difficile aux travailleurs de reconnaître et de nommer leur propre misère, les place dans l'alternative de refuser *la totalité de leur misère, ou rien*, l'organisation révolutionnaire a dû apprendre qu'elle ne peut plus *combattre l'aliénation sous des formes aliénées.*

123

La révolution prolétarienne est entièrement suspendue à cette nécessité que, pour la première fois, c'est la théorie en tant qu'intelligence de la pratique humaine qui doit être reconnue et vécue par les masses. Elle exige que les ouvriers deviennent dialecticiens et inscrivent leur pensée dans la pratique ; ainsi elle demande aux *hommes sans qualité* bien plus que la révolution bourgeoise ne demandait aux hommes qualifiés qu'elle déléguait à sa mise en œuvre : car la conscience idéologique partielle édifiée par une partie de la classe bourgeoise avait pour base cette *partie* centrale de la vie sociale, l'économie, dans laquelle cette classe *était déjà au pouvoir*. Le développement même de la société de classes jusqu'à l'organisation spectaculaire de la non-vie mène donc le projet révolutionnaire à devenir *visiblement* ce qu'il était déjà *essentiellement*.

124

La théorie révolutionnaire est maintenant ennemie de toute idéologie révolutionnaire, *et elle sait qu'elle l'est.*

V. temps et histoire

« Ô gentilshommes, la vie est courte… Si nous vivons, nous vivons pour marcher sur la tête des rois. »

Shakespeare *(Henry IV)*

L'homme, « l'être négatif qui *est* uniquement dans la mesure où il supprime l'Être », est identique au temps. L'appropriation par l'homme de sa propre nature est aussi bien sa saisie du déploiement de l'univers. « L'histoire est elle-même une partie réelle de l'*histoire naturelle*, de la transformation de la nature en homme » (Marx). Inversement cette « histoire naturelle » n'a d'autre existence effective qu'à travers le processus d'une histoire humaine, de la seule partie qui retrouve ce tout historique, comme le télescope moderne dont la portée rattrape *dans le temps* la fuite des nébuleuses à la périphérie de l'univers. L'histoire a toujours existé, mais pas toujours sous sa forme historique. La temporalisation de l'homme, telle qu'elle s'effectue par la médiation d'une société, est égale à une humanisation du temps. Le mouvement inconscient du temps se manifeste et *devient vrai* dans la conscience historique.

126

Le mouvement proprement historique, quoique
encore caché, commence dans la lente et insensible
formation de « la nature réelle de l'homme », cette
« nature qui naît dans l'histoire humaine — dans
l'acte générateur de la société humaine —», mais
la société qui alors a maîtrisé une technique et un
langage, si elle est déjà le produit de sa propre histoire, n'a conscience que d'un présent perpétuel.
Toute connaissance, limitée à la mémoire des plus
anciens, y est toujours portée par des *vivants*. Ni
la mort ni la procréation ne sont comprises comme
une loi du temps. Le temps reste immobile,
comme un espace clos. Quand une société plus
complexe en vient à prendre conscience du temps,
son travail est bien plutôt de le nier, car elle voit
dans le temps non ce qui passe, mais ce qui revient.
La société statique organise le temps selon son
expérience immédiate de la nature, dans le
modèle du temps *cyclique*.

127

Le temps cyclique est déjà dominant dans l'expérience des peuples nomades, parce que ce sont les

mêmes conditions qui se retrouvent devant eux à tout moment de leur passage : Hegel note que « l'errance des nomades est seulement formelle, car elle est limitée à des espaces uniformes ». La société qui, en se fixant localement, donne à l'espace un contenu par l'aménagement de lieux individualisés, se trouve par là même enfermée à l'intérieur de cette localisation. Le retour temporel en des lieux semblables est maintenant le pur retour du temps dans un même lieu, la répétition d'une série de gestes. Le passage du nomadisme pastoral à l'agriculture sédentaire est la fin de la liberté paresseuse et sans contenu, le début du labeur. Le mode de production agraire en général, dominé par le rythme des saisons, est la base du temps cyclique pleinement constitué. L'éternité lui est *intérieure* : c'est ici-bas le retour du même. Le mythe est la construction unitaire de la pensée qui garantit tout l'ordre cosmique autour de l'ordre que cette société a déjà en fait réalisé dans ses frontières.

128

L'appropriation sociale du temps, la production de l'homme par le travail humain, se développent dans une société divisée en classes. Le pouvoir qui s'est constitué au-dessus de la pénurie de la société du temps cyclique, la classe qui organise ce travail social et s'en approprie la plus-value limitée, s'approprie également *la plus-value temporelle* de son organisation du temps social : elle possède pour elle seule le temps irréversible du vivant. La seule richesse qui peut exister concentrée dans le secteur du pouvoir pour être matériellement dépensée en fête somptuaire, s'y trouve aussi dépensée en tant que dilapidation d'un *temps historique de la surface de la société*. Les propriétaires de la plus-value historique détiennent la connaissance et la jouissance des événements vécus. Ce temps, séparé de l'organisation collective du temps qui prédomine avec la production répétitive de la base de la vie sociale, coule au-dessus de sa propre communauté statique. C'est le temps de l'aventure et de la guerre, où les maîtres de la société cyclique parcourent leur histoire personnelle ; et c'est également le temps qui apparaît dans le heurt des communautés étrangères, le dérangement de l'ordre immuable de la société. L'histoire survient donc devant les hommes comme un facteur étranger, comme ce qu'ils n'ont pas voulu et ce contre quoi ils se croyaient abrités. Mais par ce détour revient aussi l'*inquiétude* négative de l'humain, qui avait été à l'origine même de tout le développement qui s'était endormi.

129

Le temps cyclique est en lui-même le temps sans conflit. Mais dans cette enfance du temps le conflit est installé : l'histoire lutte d'abord pour être l'histoire dans l'activité pratique des maîtres. Cette histoire crée superficiellement de l'irréversible ; son mouvement constitue le temps même qu'il épuise, à l'intérieur du temps inépuisable de la société cyclique.

130

Les « sociétés froides » sont celles qui ont ralenti à l'extrême leur part d'histoire ; qui ont maintenu dans un équilibre constant leur opposition à l'environnement naturel et humain, et leurs oppositions internes. Si l'extrême diversité des institutions établies à cette fin témoigne de la plasticité de l'autocréation de la nature humaine, ce témoignage n'apparaît évidemment que pour l'observateur extérieur, pour l'ethnologue *revenu* du temps historique. Dans chacune de ces sociétés, une structuration définitive a exclu le changement. Le conformisme absolu des pratiques sociales existantes, auxquelles se trouvent à jamais identifiées toutes les possibilités humaines, n'a plus d'autre limite extérieure que la crainte de retomber dans l'animalité sans forme. Ici, pour rester dans l'humain, les hommes doivent rester les mêmes.

La naissance du pouvoir politique, qui paraît être en relation avec les dernières grandes révolutions de la technique, comme la fonte du fer, au seuil d'une période qui ne connaîtra plus de bouleversements en profondeur jusqu'à l'apparition de l'industrie, est aussi le moment qui commence à dissoudre les liens de la consanguinité. Dès lors la succession des générations sort de la sphère du pur cyclique naturel pour devenir événement orienté, succession de pouvoirs. Le temps irréversible est le temps de celui qui règne ; et les dynasties sont sa première mesure. L'écriture est son arme. Dans l'écriture, le langage atteint sa pleine réalité indépendante de médiation entre les consciences. Mais cette indépendance est identique à l'indépendance générale du pouvoir séparé, comme médiation qui constitue la société. Avec l'écriture apparaît une conscience qui n'est plus portée et transmise dans la relation immédiate des vivants : une *mémoire impersonnelle*, qui est celle de l'administration de la société. « Les écrits sont les pensées de l'État ; les archives sa mémoire » (Novalis).

132

La chronique est l'expression du temps irréversible du pouvoir, et aussi l'instrument qui maintient la progression volontariste de ce temps à partir de son tracé antérieur, car cette orientation du temps doit s'effondrer avec la force de chaque pouvoir particulier ; retombant dans l'oubli indifférent du seul temps cyclique connu par les masses paysannes qui, dans l'écroulement des empires et de leurs chronologies, ne changent jamais. Les *possesseurs de l'histoire* ont mis dans le temps *un sens* : une direction qui est aussi une signification. Mais cette histoire se déploie et succombe à part ; elle laisse immuable la société profonde, car elle est justement ce qui reste séparé de la réalité commune. C'est en quoi l'histoire des empires de l'Orient se ramène pour nous à l'histoire des religions : ces chronologies retombées en ruine n'ont laissé que l'histoire apparemment autonome des illusions qui les enveloppaient. Les maîtres qui détiennent la *propriété privée de l'histoire*, sous la protection du mythe, la détiennent eux-mêmes d'abord sur le mode de l'illusion : en Chine et en Égypte ils ont eu longtemps le monopole de l'immortalité de l'âme ; comme leurs premières dynasties reconnues sont l'aménagement imaginaire du passé. Mais cette possession illusoire des maîtres

La chronique est l'expression du temps irréversible du pouvoir, et aussi l'instrument qui maintient la progression volontariste de ce temps à partir de son tracé antérieur, car cette orientation du temps doit s'effondrer avec la force de chaque pouvoir particulier ; retombant dans l'oubli indifférent du seul temps cyclique connu par les masses paysannes qui, dans l'écroulement des empires et de leurs chronologies, ne changent jamais. Les *possesseurs de l'histoire* ont mis dans le temps *un sens* : une direction qui est aussi une signification. Mais cette histoire se déploie et succombe à part ; elle laisse immuable la société profonde, car elle est justement ce qui reste séparé de la réalité commune. C'est en quoi l'histoire des empires de l'Orient se ramène pour nous à l'histoire des religions : ces chronologies retombées en ruine n'ont laissé que l'histoire apparemment autonome des illusions qui les enveloppaient. Les maîtres qui détiennent la *propriété privée de l'histoire*, sous la protection du mythe, la détiennent eux-mêmes d'abord sur le mode de l'illusion : en Chine et en Égypte ils ont eu longtemps le monopole de l'immortalité de l'âme ; comme leurs premières dynasties reconnues sont l'aménagement imaginaire du passé. Mais cette possession illusoire des maîtres

131

est aussi toute la possession possible, à ce moment, d'une histoire commune et de leur propre histoire. L'élargissement de leur pouvoir historique effectif va de pair avec une vulgarisation de la possession mythique illusoire. Tout ceci découle du simple fait que c'est dans la mesure même où les maîtres se sont chargés de garantir mythiquement la permanence du temps cyclique, comme dans les rites saisonniers des empereurs chinois, qu'ils s'en sont eux-mêmes relativement affranchis.

133

Quand la sèche chronologie sans explication du pouvoir divinisé parlant à ses serviteurs, qui ne veut être comprise qu'en tant qu'exécution terrestre des commandements du mythe, peut être surmontée et devient histoire consciente, il a fallu que la participation réelle à l'histoire ait été vécue par des groupes étendus. De cette communication pratique entre ceux qui *se sont reconnus* comme les possesseurs d'un présent singulier, qui ont éprouvé la richesse qualitative des événements comme leur activité et le lieu où ils demeuraient — leur époque —, naît le langage général de la communication historique. Ceux pour qui le temps irréversible a existé y découvrent à la fois le *mémorable* et la *menace de l'oubli* : «Hérodote d'Halicarnasse présente ici les résultats de son enquête, afin que le temps n'abolisse pas les travaux des hommes... »

134

Le raisonnement sur l'histoire est, inséparablement, *raisonnement sur le pouvoir*. La Grèce a été ce moment où le pouvoir et son changement se discutent et se comprennent, la *démocratie des maîtres* de la société. Là était l'inverse des conditions connues par l'État despotique, où le pouvoir ne règle jamais ses comptes qu'avec lui-même, dans l'inaccessible obscurité de son point le plus concentré : par la *révolution de palais*, que la réussite ou l'échec mettent également hors de discussion. Cependant, le pouvoir partagé des communautés grecques n'existait que dans la *dépense* d'une vie sociale dont la production restait séparée et statique dans la classe servile. Seuls ceux qui ne travaillent pas vivent. Dans la division des communautés grecques, et la lutte pour l'exploitation des cités étrangères, était extériorisé le principe de la séparation qui fondait intérieurement chacune d'elles. La Grèce, qui avait rêvé l'histoire universelle, ne parvint pas à s'unir devant l'invasion ; ni même à unifier les calendriers de ses cités indépendantes. En Grèce le temps historique est devenu conscient, mais pas encore conscient de lui-même.

135

Après la disparition des conditions localement favorables qu'avaient connues les communautés grecques, la régression de la pensée historique occidentale n'a pas été accompagnée d'une reconstitution des anciennes organisations mythiques. Dans le heurt des peuples de la Méditerranée, dans la formation et l'effondrement de l'État romain, sont apparues des *religions semi-historiques* qui devenaient des facteurs fondamentaux de la nouvelle conscience du temps, et la nouvelle armure du pouvoir séparé.

136

Les religions monothéistes ont été un compromis entre le mythe et l'histoire, entre le temps cyclique dominant encore la production et le temps irréversible où s'affrontent et se recomposent les peuples. Les religions issues du judaïsme sont la reconnaissance universelle abstraite du temps irréversible qui se trouve démocratisé, ouvert à tous, mais dans l'illusoire. Le temps est orienté tout entier vers un seul événement final : «Le royaume de Dieu est proche.» Ces religions sont nées sur le sol de l'histoire, et s'y sont établies. Mais là encore elles se maintiennent en opposition radicale à l'histoire. La religion semi-historique établit un point de départ qualitatif dans le temps, la naissance du Christ, la fuite de Mahomet, mais son temps irréversible — introduisant une accumulation effective qui pourra dans l'Islam prendre la figure d'une conquête, ou dans le christianisme de la Réforme celle d'un accroissement du capital — est en fait inversé dans la pensée religieuse comme un *compte à rebours* : l'attente, dans le temps qui diminue, de l'accès à l'autre monde véritable, l'attente du Jugement dernier. L'éternité est sortie du temps cyclique. Elle est son au-delà. Elle est l'élément qui rabaisse l'irréversibilité du temps, qui supprime l'histoire dans l'histoire même, en se plaçant, comme un pur élément ponctuel où le temps cyclique est rentré et s'est aboli, *de l'autre côté du temps irréversible.* Bossuet dira encore : « Et par le moyen du temps qui passe, nous entrons dans l'éternité qui ne passe pas. »

137

Le moyen âge, ce monde mythique inachevé qui avait sa perfection hors de lui, est le moment où le temps cyclique, qui règle encore la part principale de la production, est réellement rongé par l'histoire. Une certaine temporalité irréversible est reconnue individuellement à tous, dans la succession des âges de la vie, dans la vie considérée comme un *voyage*, un passage sans retour dans un monde dont le sens est ailleurs : le *pèlerin* est l'homme qui sort de ce temps cyclique pour être effectivement ce voyageur que chacun est comme signe. La vie historique personnelle trouve toujours son accomplissement dans la sphère du pouvoir, dans la participation aux luttes menées par le pouvoir et aux luttes pour la dispute du pouvoir ; mais le temps irréversible du pouvoir est partagé à l'infini, sous l'unification générale du temps orienté de l'ère chrétienne, dans un monde de la *confiance armée*, où le jeu des maîtres tourne autour de la fidélité et de la contestation de la fidélité due. Cette société féodale, née de la rencontre de « la structure organisationnelle de l'armée conquérante telle qu'elle s'est développée pendant la conquête » et des « forces productives trouvées dans le pays conquis » *(Idéologie allemande)* — et il faut compter dans l'organisation de ces forces productives leur langage religieux — a divisé la domination de la société entre l'Église et le pouvoir étatique, à son tour subdivisé dans les complexes relations de suzeraineté et de vassalité des tenures territoriales et des communes urbaines. Dans cette diversité de la vie historique possible, le temps irréversible qui emportait inconsciemment la société profonde, le temps vécu par la bourgeoisie dans la production des marchandises, la fondation et l'expansion des villes, la découverte commerciale

136

de la Terre — l'expérimentation pratique qui détruit à jamais toute organisation mythique du cosmos — se révéla lentement comme le travail inconnu de l'époque, quand la grande entreprise historique officielle de ce monde eut échoué avec les Croisades.

138

Au déclin du moyen âge, le temps irréversible qui envahit la société est ressenti, par la conscience attachée à l'ancien ordre, sous la forme d'une obsession de la mort. C'est la mélancolie de la dissolution d'un monde, le dernier où la sécurité du mythe équilibrait encore l'histoire ; et pour cette mélancolie toute chose terrestre s'achemine seulement vers sa corruption. Les grandes révoltes des paysans d'Europe sont aussi leur tentative de *réponse à l'histoire* qui les arrachait violemment au sommeil patriarcal qu'avait garanti la tutelle féodale. C'est l'utopie millénariste de *la réalisation terrestre du paradis*, où revient au premier plan ce qui était à l'origine de la religion semi-historique, quand les communautés chrétiennes, comme le messianisme judaïque dont elles venaient, réponses aux troubles et au malheur de l'époque, attendaient la réalisation imminente du royaume de Dieu et ajoutaient un facteur d'inquiétude et de subversion dans la société antique. Le christianisme étant venu à partager le pouvoir dans l'empire avait démenti à son heure, comme simple superstition, ce qui subsistait de cette espérance : tel est le sens de l'affirmation augustinienne, archétype de tous les *satisfecit* de l'idéologie moderne, selon laquelle l'Église installée était déjà depuis longtemps ce royaume dont on avait parlé. La révolte sociale de la paysannerie millénariste se définit naturellement d'abord comme une volonté de destruction de l'Église. Mais le millénarisme se déploie dans le monde historique, et non sur le terrain du mythe. Ce ne sont pas, comme croit le montrer Norman Cohn dans *La Poursuite du Millénium*, les espérances révolutionnaires modernes qui sont des suites irrationnelles de la passion religieuse du millénarisme. Tout au contraire, c'est le millénarisme, lutte de classe révolutionnaire parlant pour la dernière fois la langue de la religion, qui est déjà une tendance révolutionnaire moderne, à laquelle manque encore *la conscience de n'être qu'historique*. Les millénaristes devaient perdre parce qu'ils ne pouvaient reconnaître la révolution comme leur propre opération. Le fait qu'ils attendent d'agir sur un signe extérieur de la décision de Dieu est la traduction en pensée d'une pratique dans laquelle les paysans insurgés suivent des chefs pris hors d'eux-mêmes. La classe paysanne ne pouvait atteindre une conscience juste du fonctionnement de la société, et de la façon de mener sa propre lutte : c'est parce qu'elle manquait de ces conditions d'unité dans son action et dans sa conscience qu'elle exprima son projet et mena ses guerres selon l'imagerie du paradis terrestre.

139

La possession nouvelle de la vie historique, la Renaissance qui trouve dans l'Antiquité son passé et son droit, porte en elle la rupture joyeuse avec l'éternité. Son temps irréversible est celui de l'accumulation infinie des connaissances, et la conscience historique issue de l'expérience des communautés démocratiques et des forces qui les ruinent va reprendre, avec Machiavel, le raisonnement sur le pouvoir désacralisé, dire l'indicible de l'État. Dans la vie exubérante des cités italiennes, dans l'art des fêtes, la vie se connaît comme une jouissance du passage du temps. Mais cette jouissance du passage devait être elle-même passagère. La chanson de Laurent de Médicis, que Burckhardt considère comme l'expression de «l'esprit même de la Renaissance», est l'éloge que cette fragile fête de l'histoire a prononcé sur elle-même : «Comme elle est belle, la jeunesse — qui s'en va si vite.»

Le mouvement constant de monopolisation de la vie historique par l'État de la monarchie absolue, forme de transition vers la complète domination de la classe bourgeoise, fait paraître dans sa vérité ce qu'est le nouveau temps irréversible de la bourgeoisie. C'est au *temps du travail*, pour la première fois affranchi du cyclique, que la bourgeoisie est liée. Le travail est devenu, avec la bourgeoisie, *travail qui transforme les conditions historiques.* La bourgeoisie est la première classe dominante pour qui le travail est une valeur. Et la bourgeoisie qui supprime tout privilège, qui ne reconnaît aucune valeur qui ne découle de l'exploitation du travail, a justement identifié au travail sa propre valeur comme classe dominante, et fait du progrès du travail son propre progrès. La classe qui accumule les marchandises et le capital modifie continuellement la nature en modifiant le travail lui-même, en déchaînant sa productivité. Toute vie sociale s'est déjà concentrée dans la pauvreté ornementale de la Cour, parure de la froide administration étatique qui culmine dans «le métier de roi»; et toute liberté historique particulière a dû consentir à sa perte. La liberté du jeu temporel irréversible des féodaux s'est consumée dans leurs dernières batailles perdues avec les guerres de la Fronde ou le soulèvement des Écossais pour Charles-Édouard. Le monde a changé de base.

141

La victoire de la bourgeoisie est la victoire du temps *profondément historique,* parce qu'il est le temps de la production économique qui transforme la société, en permanence et de fond en comble. Aussi longtemps que la production agraire demeure le travail principal, le temps cyclique qui demeure présent au fond de la société nourrit les forces coalisées de la *tradition,* qui vont freiner le mouvement. Mais le temps irréversible de l'économie bourgeoise extirpe ces survivances dans toute l'étendue du monde. L'histoire qui était apparue jusque-là comme le seul mouvement des individus de la classe dominante, et donc écrite comme histoire événementielle, est maintenant comprise comme le *mouvement général,* et dans ce mouvement sévère les individus sont sacrifiés. L'histoire qui découvre sa base dans l'économie politique sait maintenant l'existence de ce qui était son inconscient, mais qui pourtant reste encore l'inconscient qu'elle ne peut tirer au jour. C'est seulement cette préhistoire aveugle, une nouvelle fatalité que personne ne domine, que l'économie marchande a démocratisée.

142

L'histoire qui est présente dans toute la profondeur de la société tend à se perdre à la surface. Le triomphe du temps irréversible est aussi sa métamorphose en *temps des choses*, parce que l'arme de sa victoire a été précisément la production en série des objets, selon les lois de la marchandise. Le principal produit que le développement économique a fait passer de la rareté luxueuse à la consommation courante est donc l'*histoire*, mais seulement en tant qu'histoire du mouvement abstrait des choses qui domine tout usage qualitatif de la vie. Alors que le temps cyclique antérieur avait supporté une part croissante de temps historique vécu par des individus et des groupes, la domination du temps irréversible de la production va tendre à éliminer socialement ce temps vécu.

143

Ainsi la bourgeoisie a fait connaître et a imposé à la société un temps historique irréversible, mais lui en refuse l'*usage*. «Il y a eu de l'histoire, mais il n'y en a plus», parce que la classe des possesseurs de l'économie, qui ne peut pas rompre avec l'*his-*

142

toire économique, doit aussi refouler comme une menace immédiate tout autre emploi irréversible du temps. La classe dominante, faite de *spécialistes de la possession des choses* qui sont eux-mêmes, par là, une possession des choses, doit lier son sort au maintien de cette histoire réifiée, à la permanence d'une nouvelle immobilité *dans l'histoire.* Pour la première fois le travailleur, à la base de la société, n'est pas matériellement *étranger à l'histoire,* car c'est maintenant par sa base que la société se meut irréversiblement. Dans la revendication de *vivre* le temps historique qu'il fait, le prolétariat trouve le simple centre inoubliable de son projet révolutionnaire ; et chacune des tentatives jusqu'ici brisées d'exécution de ce projet marque un point de départ possible de la vie nouvelle historique.

144

Le temps irréversible de la bourgeoisie maîtresse du pouvoir s'est d'abord présenté sous son propre nom, comme une origine absolue, l'an I de la République. Mais l'idéologie révolutionnaire de la liberté générale qui avait abattu les derniers restes d'organisation mythique des valeurs, et toute réglementation traditionnelle de la société, laissait déjà voir la volonté réelle qu'elle avait habillée à la romaine : la *liberté du commerce* généralisée. La société de la marchandise, découvrant alors qu'elle devait reconstruire la passivité qu'il lui avait fallu ébranler fondamentalement pour établir son propre règne pur, « trouve dans le christianisme avec son culte de l'homme abstrait… le complément religieux le plus convenable » *(Le Capital)*. La bourgeoisie a conclu alors avec cette religion un compromis qui s'exprime aussi dans la présentation du temps : son propre calendrier abandonné, son temps irréversible est revenu se mouler dans *l'ère chrétienne* dont il continue la succession.

145

Avec le développement du capitalisme, le temps irréversible est *unifié mondialement*. L'histoire universelle devient une réalité, car le monde entier est rassemblé sous le développement de ce temps. Mais cette histoire qui partout à la fois est la même n'est encore que le refus intra-historique de l'histoire. C'est le temps de la production économique, découpé en fragments abstraits égaux, qui se manifeste sur toute la planète comme *le même jour*. Le temps irréversible unifié est celui du *marché mondial*, et corollairement du spectacle mondial.

Le temps irréversible de la production est d'abord la mesure des marchandises. Ainsi donc le temps qui s'affirme officiellement sur toute l'étendue du monde comme *le temps général de la société,* ne signifiant que les intérêts spécialisés qui le constituent, *n'est qu'un temps particulier.*

VI. le temps spectaculaire

« Nous n'avons rien à nous que le temps,
dont jouissent ceux mêmes qui n'ont point de
demeure. »

Baltasar Gracián
(L'Homme de cour)

147

Le temps de la production, le temps-marchandise, est une accumulation infinie d'intervalles
équivalents. C'est l'abstraction du temps irréversible, dont tous les segments doivent prouver sur le
chronomètre leur seule égalité quantitative. Ce
temps est, dans toute sa réalité effective, ce qu'il est
dans son caractère *échangeable*. C'est dans cette
domination sociale du temps-marchandise que
« le temps est tout, l'homme n'est rien ; il est tout
au plus la carcasse du temps » *(Misère de la Philosophie)*. C'est le temps dévalorisé, l'inversion complète du temps comme « champ de développement
humain ».

148

Le temps général du non-développement humain existe aussi sous l'aspect complémentaire d'un *temps consommable* qui retourne vers la vie quotidienne de la société, à partir de cette production déterminée, comme un *temps pseudo-cyclique*.

149

Le temps pseudo-cyclique n'est en fait que le *déguisement consommable* du temps-marchandise de la production. Il en contient les caractères essentiels d'unités homogènes échangeables et de suppression de la dimension qualitative. Mais étant le sous-produit de ce temps destiné à l'arriération de la vie quotidienne concrète — et au maintien de cette arriération —, il doit être chargé de pseudo-valorisations et apparaître en une suite de moments faussement individualisés.

150

Le temps pseudo-cyclique est celui de la consommation de la survie économique moderne, la survie augmentée, où le vécu quotidien reste privé de décision et soumis, non plus à l'ordre naturel, mais à la pseudo-nature développée dans le travail aliéné ; et donc ce temps retrouve *tout naturellement* le vieux rythme cyclique qui réglait la survie des sociétés pré-industrielles. Le temps pseudo-cyclique à la fois prend appui sur les traces naturelles du temps cyclique, et en compose de nouvelles combinaisons homologues : le jour et la nuit, le travail et le repos hebdomadaires, le retour des périodes de vacances.

151

Le temps pseudo-cyclique est un temps qui a été *transformé par l'industrie.* Le temps qui a sa base dans la production des marchandises est lui-même une marchandise consommable, qui rassemble tout ce qui s'était auparavant distingué, lors de la phase de dissolution de la vieille société unitaire, en vie privée, vie économique, vie politique. Tout le temps consommable de la société moderne en vient à être traité en matière première de nouveaux produits diversifiés qui s'imposent sur le marché comme emplois du temps socialement organisés. « Un produit qui existe déjà sous une forme qui le rend propre à la consommation peut cependant devenir à son tour matière première d'un autre produit » (*Le Capital*).

152

Dans son secteur le plus avancé, le capitalisme concentré s'oriente vers la vente de blocs de temps « tout équipés », chacun d'eux constituant une seule marchandise unifiée, qui a intégré un certain nombre de marchandises diverses. C'est ainsi que peut apparaître, dans l'économie en expansion des « services » et des loisirs, la formule du paiement calculé « tout compris », pour l'habitat spectaculaire, les pseudo-déplacements collectifs des vacances, l'abonnement à la consommation culturelle, et la vente de la sociabilité elle-même en « conversations passionnantes » et « rencontres de personnalités ». Cette sorte de marchandise spectaculaire, qui ne peut évidemment avoir cours qu'en fonction de la pénurie accrue des réalités correspondantes, figure aussi bien évidemment parmi les articles-pilotes de la modernisation des ventes, en étant payable à crédit.

Le temps pseudo-cyclique consommable est le temps spectaculaire, à la fois comme temps de la consommation des images, au sens restreint, et comme image de la consommation du temps, dans toute son extension. Le temps de la consommation des images, médium de toutes les marchandises, est inséparablement le champ où s'exercent pleinement les instruments du spectacle, et le but que ceux-ci présentent globalement, comme lieu et comme figure centrale de toutes les consommations particulières : on sait que les gains de temps constamment recherchés par la société moderne — qu'il s'agisse de la vitesse des transports ou de l'usage des potages en sachet — se traduisent positivement pour la population des États-Unis dans ce fait que la seule contemplation de la télévision l'occupe en moyenne entre trois et six heures par jour. L'image sociale de la consommation du temps, de son côté, est exclusivement dominée par les moments de loisirs et de vacances, moments représentés *à distance* et désirables par postulat, comme toute marchandise spectaculaire. Cette marchandise est ici explicitement donnée comme le moment de la vie réelle, dont il s'agit d'attendre le retour cyclique. Mais dans ces moments mêmes assignés à la vie, c'est encore le spectacle qui se donne à voir et à reproduire, en atteignant un degré plus intense. Ce qui a été représenté comme la vie réelle se révèle simplement comme la vie plus *réellement spectaculaire*.

154

Cette époque, qui se montre à elle-même son temps comme étant essentiellement le retour précipité de multiples festivités, est également une époque sans fête. Ce qui était, dans le temps cyclique, le moment de la participation d'une communauté à la dépense luxueuse de la vie, est impossible pour la société sans communauté et sans luxe. Quand ses pseudo-fêtes vulgarisées, parodies du dialogue et du don, incitent à un surplus de dépense économique, elles ne ramènent que la déception toujours compensée par la promesse d'une déception nouvelle. Le temps de la survie moderne doit, dans le spectacle, se vanter d'autant plus hautement que sa valeur d'usage s'est réduite. La réalité du temps a été remplacée par la *publicité* du temps.

155

Tandis que la consommation du temps cyclique des sociétés anciennes était en accord avec le travail réel de ces sociétés, la consommation pseudo-cyclique de l'économie développée se trouve en contradiction avec le temps irréversible abstrait de sa production. Alors que le temps cyclique était le temps de l'illusion immobile, vécu réellement, le temps spectaculaire est le temps de la réalité qui se transforme, vécu illusoirement.

156

Ce qui est toujours nouveau dans le processus de la production des choses ne se retrouve pas dans la consommation, qui reste le retour élargi du même. Parce que le travail mort continue de dominer le travail vivant, dans le temps spectaculaire le passé domine le présent.

157

Comme autre côté de la déficience de la vie historique générale, la vie individuelle n'a pas encore d'histoire. Les pseudo-événements qui se pressent dans la dramatisation spectaculaire n'ont pas été vécus par ceux qui en sont informés ; et de plus ils se perdent dans l'inflation de leur remplacement précipité, à chaque pulsion de la machinerie spectaculaire. D'autre part, ce qui a été réellement vécu est sans relation avec le temps irréversible officiel de la société, et en opposition directe au rythme pseudo-cyclique du sous-produit consommable de ce temps. Ce vécu individuel de la vie quotidienne séparée reste sans langage, sans concept, sans accès critique à son propre passé qui n'est consigné nulle part. Il ne se communique pas. Il est incompris et oublié au profit de la fausse mémoire spectaculaire du non-mémorable.

158

Le spectacle, comme organisation sociale présente de la paralysie de l'histoire et de la mémoire, de l'abandon de l'histoire qui s'érige sur la base du temps historique, est *la fausse conscience du temps*.

159

Pour amener les travailleurs au statut de producteurs et consommateurs « libres » du temps-marchandise, la condition préalable a été *l'expropriation violente de leur temps*. Le retour spectaculaire du temps n'est devenu possible qu'à partir de cette première dépossession du producteur.

160

La part irréductiblement biologique qui reste présente dans le travail, tant dans la dépendance du cyclique naturel de la veille et du sommeil que dans l'évidence du temps irréversible individuel de l'usure d'une vie, se trouve simplement *accessoire* au regard de la production moderne ; et comme tels ces éléments sont négligés dans les proclamations officielles du mouvement de la production, et des trophées consommables qui sont la traduction accessible de cette incessante victoire. Immobilisée dans le centre falsifié du mouvement de son monde, la conscience spectatrice ne connaît plus dans sa vie un passage vers sa réalisation et vers sa mort. Qui a renoncé à dépenser sa vie ne doit plus s'avouer sa mort. La publicité des assurances sur la vie insinue seulement qu'il est coupable de mourir sans avoir assuré la régulation du système après cette perte économique ; et celle de l'*american way of death* insiste sur sa capacité de maintenir en cette rencontre la plus grande part des *apparences* de la vie. Sur tout le reste du front des bombardements publicitaires, il est carrément interdit de vieillir. Il s'agirait de ménager, chez tout un chacun, un « capital-jeunesse » qui, pour n'avoir été que médiocrement employé, ne peut cependant prétendre acquérir la réalité durable et cumulative du capital financier. Cette absence sociale de la mort est identique à l'absence sociale de la vie.

161

Le temps est l'aliénation *nécessaire,* comme le montrait Hegel, le milieu où le sujet se réalise en se perdant, devient autre pour devenir la vérité de lui-même. Mais son contraire est justement l'aliénation dominante, qui est subie par le producteur d'un *présent étranger.* Dans cette *aliénation spatiale,* la société qui sépare à la racine le sujet et l'activité qu'elle lui dérobe, le sépare d'abord de son propre temps. L'aliénation sociale surmontable est justement celle qui a interdit et pétrifié les possibilités et les risques de l'aliénation *vivante* dans le temps.

162

Sous les *modes* apparentes qui s'annulent et se recomposent à la surface futile du temps pseudo-cyclique contemplé, le *grand style* de l'époque est toujours dans ce qui est orienté par la nécessité évidente et secrète de la révolution.

163

La base naturelle du temps, la donnée sensible de l'écoulement du temps, devient humaine et sociale en existant *pour l'homme*. C'est l'état borné de la pratique humaine, le travail à différents stades, qui a jusqu'ici humanisé, et aussi déshumanisé, le temps, comme temps cyclique et temps séparé irréversible de la production économique. Le projet révolutionnaire d'une société sans classes, d'une vie historique généralisée, est le projet d'un dépérissement de la mesure sociale du temps, au profit d'un modèle ludique de temps irréversible des individus et des groupes, modèle dans lequel sont simultanément présents des *temps indépendants fédérés*. C'est le programme d'une réalisation totale, dans le milieu du temps, du communisme qui supprime « tout ce qui existe indépendamment des individus ».

164

Le monde possède déjà le rêve d'un temps dont il doit maintenant posséder la conscience pour le vivre réellement.

VII. l'aménagement du territoire

« Et qui devient Seigneur d'une cité accoutumée à vivre libre et ne la détruit point, qu'il s'attende d'être détruit par elle, parce qu'elle a toujours pour refuge en ses rébellions le nom de la liberté et ses vieilles coutumes, lesquelles ni par la longueur du temps ni pour aucun bienfait ne s'oublieront jamais. Et pour chose qu'on y fasse ou qu'on y pourvoie, si ce n'est d'en chasser ou d'en disperser les habitants, ils n'oublieront point ce nom ni ces coutumes... »

Machiavel *(Le Prince)*

165

La production capitaliste a unifié l'espace, qui n'est plus limité par des sociétés extérieures. Cette unification est en même temps un processus extensif et intensif de *banalisation*. L'accumulation des marchandises produites en série pour l'espace abstrait du marché, de même qu'elle devait briser toutes les barrières régionales et légales, et toutes les restrictions corporatives du moyen âge qui maintenaient la *qualité* de la production artisanale, devait aussi dissoudre l'autonomie et la qualité des lieux. Cette puissance d'homogénéisation est la grosse artillerie qui a fait tomber toutes les murailles de Chine.

166

C'est pour devenir toujours plus identique à lui-même, pour se rapprocher au mieux de la monotonie immobile, que *l'espace libre de la marchandise* est désormais à tout instant modifié et reconstruit.

167

Cette société qui supprime la distance géographique recueille intérieurement la distance, en tant que séparation spectaculaire.

168

Sous-produit de la circulation des marchandises, la circulation humaine considérée comme une consommation, le tourisme, se ramène fondamentalement au loisir d'aller voir ce qui est devenu banal. L'aménagement économique de la fréquentation de lieux différents est déjà par lui-même la garantie de leur *équivalence*. La même modernisation qui a retiré du voyage le temps, lui a aussi retiré la réalité de l'espace.

169

La société qui modèle tout son entourage a édifié sa technique spéciale pour travailler la base concrète de cet ensemble de tâches : son territoire même. L'urbanisme est cette prise de possession de l'environnement naturel et humain par le capitalisme qui, se développant logiquement en domination absolue, peut et doit maintenant refaire la totalité de l'espace comme *son propre décor*.

170

La nécessité capitaliste satisfaite dans l'urbanisme, en tant que glaciation visible de la vie, peut s'exprimer — en employant des termes hégéliens — comme la prédominance absolue de «la paisible coexistence de l'espace» sur «l'inquiet devenir dans la succession du temps».

171

Si toutes les forces techniques de l'économie capitaliste doivent être comprises comme opérant des séparations, dans le cas de l'urbanisme on a affaire à l'équipement de leur base générale, au traitement du sol qui convient à leur déploiement; à la technique même *de la séparation*.

172

L'urbanisme est l'accomplissement moderne de la tâche ininterrompue qui sauvegarde le pouvoir de classe : le maintien de l'atomisation des travailleurs que les conditions urbaines de production avaient dangereusement *rassemblés*. La lutte constante qui a dû être menée contre tous les aspects de cette possibilité de rencontre trouve dans l'urbanisme son champ privilégié. L'effort de tous les pouvoirs établis, depuis les expériences de la Révolution française, pour accroître les moyens de maintenir l'ordre dans la rue, culmine finalement dans la suppression de la rue. « Avec les moyens de communication de masse sur de grandes distances, l'isolement de la population s'est avéré un moyen de contrôle beaucoup plus efficace », constate Lewis Mumford dans *La Cité à travers l'histoire*, en décrivant un « monde désormais à sens unique ». Mais le mouvement général de l'isolement, qui est la réalité de l'urbanisme, doit aussi contenir une réintégration contrôlée des travailleurs, selon les nécessités planifiables de la production et de la consommation. L'intégration au système doit ressaisir les individus

166

isolés en tant qu'individus *isolés ensemble* : les usines comme les maisons de la culture, les villages de vacances comme les « grands ensembles », sont spécialement organisés pour les fins de cette pseudo-collectivité qui accompagne aussi l'individu isolé dans la *cellule familiale* : l'emploi généralisé des récepteurs du message spectaculaire fait que son isolement se retrouve peuplé des images dominantes, images qui par cet isolement seulement acquièrent leur pleine puissance.

173

Pour la première fois une architecture nouvelle, qui à chaque époque antérieure était réservée à la satisfaction des classes dominantes, se trouve directement destinée *aux pauvres*. La misère formelle et l'extension gigantesque de cette nouvelle expérience d'habitat proviennent ensemble de son caractère *de masse*, qui est impliqué à la fois par sa destination et par les conditions modernes de construction. La *décision autoritaire*, qui aménage abstraitement le territoire en territoire de l'abstraction, est évidemment au centre de ces conditions modernes de construction. La même architecture apparaît partout où commence l'industrialisation des pays à cet égard arriérés, comme terrain adéquat au nouveau genre d'existence sociale qu'il s'agit d'y implanter. Aussi nettement que dans les questions de l'armement thermonucléaire ou de la natalité — ceci atteignant déjà la possibilité d'une manipulation de l'hérédité — le seuil franchi dans la croissance du pouvoir matériel de la société, et le *retard* de la domination consciente de ce pouvoir, sont étalés dans l'urbanisme.

174

Le moment présent est déjà celui de l'auto-destruction du milieu urbain. L'éclatement des villes sur les campagnes recouvertes de «masses informes de résidus urbains» (Lewis Mumford) est, d'une façon immédiate, présidé par les impératifs de la consommation. La dictature de l'automobile, produit-pilote de la première phase de l'abondance marchande, s'est inscrite dans le terrain avec la domination de l'autoroute, qui disloque les centres anciens et commande une dispersion toujours plus poussée. En même temps, les moments de réorganisation inachevée du tissu urbain se polarisent passagèrement autour des «usines de distribution» que sont les *supermarkets* géants édifiés en terrain nu, sur un socle de *parking*; et ces temples de la consommation précipitée sont eux-mêmes en fuite dans le mouvement centrifuge, qui les repousse à mesure qu'ils deviennent à leur tour des centres secondaires surchargés, parce qu'ils ont amené une recomposition partielle de l'agglomération. Mais l'organisation technique de la consommation n'est qu'au premier plan de la dissolution générale qui a conduit ainsi la ville *à se consommer elle-même.*

175

L'histoire économique, qui s'est tout entière développée autour de l'opposition ville-campagne, est parvenue à un stade de succès qui annule à la fois les deux termes. La *paralysie* actuelle du développement historique total, au profit de la seule poursuite du mouvement indépendant de l'économie, fait du moment où commencent à disparaître la ville et la campagne, non le *dépassement* de leur scission, mais leur effondrement simultané. L'usure réciproque de la ville et de la campagne, produit de la défaillance du mouvement historique par lequel la réalité urbaine existante devrait être surmontée, apparaît dans ce mélange éclectique de leurs éléments décomposés, qui recouvre les zones les plus avancées dans l'industrialisation.

176

L'histoire universelle est née dans les villes, et elle est devenue majeure au moment de la victoire décisive de la ville sur la campagne. Marx considère comme un des plus grands mérites révolutionnaires de la bourgeoisie ce fait qu'«elle a soumis la campagne à la ville», dont *l'air émancipe.* Mais si l'histoire de la ville est l'histoire de la liberté, elle a été aussi celle de la tyrannie, de l'administration étatique qui contrôle la campagne et la ville même. La ville n'a pu être encore que le terrain de lutte de la liberté historique, et non sa possession. La ville est le *milieu de l'histoire* parce qu'elle est à la fois concentration du pouvoir social, qui rend possible l'entreprise historique, et conscience du passé. La tendance présente à la liquidation de la ville ne fait donc qu'exprimer d'une autre manière le retard d'une subordination de l'économie à la conscience historique, d'une unification de la société ressaisissant les pouvoirs qui se sont détachés d'elle.

177

« La campagne montre justement le fait contraire, l'isolement et la séparation » *(Idéologie allemande).* L'urbanisme qui détruit les villes reconstitue une *pseudo-campagne,* dans laquelle sont perdus aussi bien les rapports naturels de la campagne ancienne que les rapports sociaux directs et directement mis en question de la ville historique. C'est une nouvelle paysannerie factice qui est recréée par les conditions d'habitat et de contrôle spectaculaire dans l'actuel « territoire aménagé » : l'éparpillement dans l'espace et la mentalité bornée, qui ont toujours empêché la paysannerie d'entreprendre une action indépendante et de s'affirmer comme puissance historique créatrice, redeviennent la caractérisation des producteurs — le mouvement d'un monde qu'ils fabriquent eux-mêmes restant aussi complètement hors de leur portée que l'était le rythme naturel des travaux pour la société agraire. Mais quand cette paysannerie, qui fut l'inébranlable base du « despotisme oriental », et dont l'émiettement même appelait la centralisation bureaucratique, reparaît comme produit des conditions d'accroissement de la bureaucratisation étatique moderne, son *apathie* a dû être maintenant *historiquement fabriquée* et entretenue ; l'ignorance naturelle a fait place au spectacle organisé de l'erreur. Les « villes nouvelles » de la pseudo-paysannerie technologique inscrivent clairement dans le terrain la rupture avec le temps historique sur lequel elles sont bâties ; leur devise peut être : « Ici même, il n'arrivera jamais rien, et *rien n'y est jamais arrivé.* » C'est bien évidemment parce que l'histoire qu'il faut délivrer dans les villes n'y a pas été encore délivrée, que les forces de *l'absence historique* commencent à composer leur propre paysage exclusif.

171

178

L'histoire qui menace ce monde crépusculaire est aussi la force qui peut soumettre l'espace au temps vécu. La révolution prolétarienne est cette *critique de la géographie humaine* à travers laquelle les individus et les communautés ont à construire les sites et les événements correspondant à l'appropriation, non plus seulement de leur travail, mais de leur histoire totale. Dans cet espace mouvant du jeu, et des variations librement choisies des règles du jeu, l'autonomie du lieu peut se retrouver, sans réintroduire un attachement exclusif au sol, et par là ramener la réalité du voyage, et de la vie comprise comme un voyage ayant en lui-même tout son sens.

179

La plus grande idée révolutionnaire à propos de l'urbanisme n'est pas elle-même urbanistique, technologique ou esthétique. C'est la décision de reconstruire intégralement le territoire selon les besoins du pouvoir des Conseils de travailleurs, de la *dictature anti-étatique* du prolétariat, du dialogue exécutoire. Et le pouvoir des Conseils, qui ne peut être effectif qu'en transformant la totalité des conditions existantes, ne pourra s'assigner une moindre tâche s'il veut être reconnu et *se reconnaître lui-même* dans son monde.

VIII. la négation et la consommation dans la culture

«Nous vivrons assez pour voir une révolution politique? *nous*, les contemporains de ces Allemands? Mon ami, vous croyez ce que vous désirez... Lorsque je juge l'Allemagne d'après son histoire présente, vous ne m'objecterez pas que toute son histoire est falsifiée et que toute sa vie publique actuelle ne représente pas l'état réel du peuple. Lisez les journaux que vous voudrez, convainquez-vous que l'on ne cesse pas — et vous me concéderez que la censure n'empêche personne de cesser — de célébrer la liberté et le bonheur national que nous possédons...»

Ruge *(Lettre à Marx*, mars 1843.)

180

La culture est la sphère générale de la connaissance, et des représentations du vécu, dans la
société historique divisée en classes; ce qui revient
à dire qu'elle est ce pouvoir de généralisation
existant *à part*, comme division du travail intellectuel et travail intellectuel de la division. La culture
s'est détachée de l'unité de la société du mythe,
«lorsque le pouvoir d'unification disparaît de la vie
de l'homme et que les contraires perdent leur
relation et leur interaction vivantes et acquièrent
l'autonomie...» *(Différence des systèmes de Fichte et de
Schelling)*. En gagnant son indépendance, la culture commence un mouvement impérialiste d'en-
richissement, qui est en même temps le déclin de
son indépendance. L'histoire qui crée l'autonomie
relative de la culture, et les illusions idéologiques
sur cette autonomie, s'exprime aussi comme histoire de la culture. Et toute l'histoire conquérante

de la culture peut être comprise comme l'histoire de la révélation de son insuffisance, comme une marche vers son autosuppression. La culture est le lieu de la recherche de l'unité perdue. Dans cette recherche de l'unité, la culture comme sphère séparée est obligée de se nier elle-même.

181

La lutte de la tradition et de l'innovation, qui est le principe de développement interne de la culture des sociétés historiques, ne peut être poursuivie qu'à travers la victoire permanente de l'innovation. L'innovation dans la culture n'est cependant portée par rien d'autre que le mouvement historique total qui, en prenant conscience de sa totalité, tend au dépassement de ses propres présuppositions culturelles, et va vers la suppression de toute séparation.

182

L'essor des connaissances de la société, qui contient la compréhension de l'histoire comme le cœur de la culture, prend de lui-même une connaissance sans retour, qui est exprimée par la destruction de Dieu. Mais cette «condition première de toute critique » est aussi bien l'obligation première d'une critique infinie. Là où aucune règle de conduite ne peut plus se maintenir, chaque *résultat* de la culture la fait avancer vers sa dissolution. Comme la philosophie à l'instant où elle a gagné sa pleine autonomie, toute discipline devenue autonome doit s'effondrer, d'abord en tant que prétention d'explication cohérente de la totalité sociale, et finalement même en tant qu'instrumentation parcellaire utilisable dans ses propres frontières. Le *manque de rationalité* de la culture séparée est l'élément qui la condamne à disparaître, car en elle la victoire du rationnel est déjà présente comme exigence.

183

La culture est issue de l'histoire qui a dissous le genre de vie du vieux monde, mais en tant que sphère séparée elle n'est encore que l'intelligence et la communication sensible qui restent partielles dans une société *partiellement historique*. Elle est le sens d'un monde trop peu sensé.

184

La fin de l'histoire de la culture se manifeste par deux côtés opposés : le projet de son dépassement dans l'histoire totale, et l'organisation de son maintien en tant qu'objet mort, dans la contemplation spectaculaire. L'un de ces mouvements a lié son sort à la critique sociale, et l'autre à la défense du pouvoir de classe.

185

Chacun des deux côtés de la fin de la culture existe d'une façon unitaire, aussi bien dans tous les aspects des connaissances que dans tous les aspects des représentations sensibles — dans ce qui était l'*art* au sens le plus général. Dans le premier cas s'opposent l'accumulation de connaissances fragmentaires qui deviennent inutilisables, parce que l'*approbation* des conditions existantes doit finalement *renoncer à ses propres connaissances*, et la théorie de la praxis qui détient seule la vérité de toutes en détenant seule le secret de leur usage. Dans le second cas s'opposent l'autodestruction critique de l'ancien *langage commun* de la société et sa recomposition artificielle dans le spectacle marchand, la représentation illusoire du non-vécu.

186

En perdant la communauté de la société du mythe, la société doit perdre toutes les références d'un langage réellement commun, jusqu'au moment où la scission de la communauté inactive peut être surmontée par l'accession à la réelle communauté historique. L'art, qui fut ce langage commun de l'inaction sociale, dès qu'il se constitue en art indépendant au sens moderne, émergeant de son premier univers religieux, et devenant production individuelle d'œuvres séparées, connaît, comme cas particulier, le mouvement qui domine l'histoire de l'ensemble de la culture séparée. Son affirmation indépendante est le commencement de sa dissolution.

187

Le fait que le langage de la communication s'est perdu, voilà ce qu'exprime *positivement* le mouvement de décomposition moderne de tout art, son anéantissement formel. Ce que ce mouvement exprime *négativement*, c'est le fait qu'un langage commun doit être retrouvé — non plus dans la conclusion unilatérale qui, pour l'art de la société historique, *arrivait toujours trop tard*, parlant *à d'autres* de ce qui a été vécu sans dialogue réel, et admettant cette déficience de la vie —, mais qu'il doit être retrouvé dans la praxis, qui rassemble en elle l'activité directe et son langage. Il s'agit de posséder effectivement la communauté du dialogue et le jeu avec le temps qui ont été *représentés* par l'œuvre poético-artistique.

188

Quand l'art devenu indépendant représente son monde avec des couleurs éclatantes, un moment de la vie a vieilli, et il ne se laisse pas rajeunir avec des couleurs éclatantes. Il se laisse seulement évoquer dans le souvenir. La grandeur de l'art ne commence à paraître qu'à la retombée de la vie.

189

Le temps historique qui envahit l'art s'est exprimé d'abord dans la sphère même de l'art, à partir du *baroque*. Le baroque est l'art d'un monde qui a perdu son centre : le dernier ordre mythique reconnu par le moyen âge, dans le cosmos et le gouvernement terrestre — l'unité de la Chrétienté et le fantôme d'un Empire — est tombé. L'*art du changement* doit porter en lui le principe éphémère qu'il découvre dans le monde. Il a choisi, dit Eugenio d'Ors, « la vie contre l'éternité ». Le théâtre et la fête, la fête théâtrale, sont les moments dominants de la réalisation baroque, dans laquelle toute expression artistique particulière ne prend son sens que par sa référence au décor d'un lieu construit, à une construction qui doit être pour elle-même le centre d'unification ; et ce centre est le *passage*, qui est inscrit comme un équilibre menacé dans le désordre dynamique de tout. L'importance, parfois excessive, acquise par le concept de baroque dans la discussion esthétique contemporaine, traduit la prise de conscience de l'impossibilité d'un classicisme artistique : les efforts en faveur d'un classicisme ou néo-classicisme normatifs, depuis trois siècles, n'ont été que de brèves constructions factices parlant le langage extérieur de l'État, celui de la monarchie absolue ou de la bourgeoisie révolutionnaire habillée à la romaine. Du romantisme au cubisme, c'est finalement un art toujours plus individualisé de la négation, se renouvelant perpétuellement jusqu'à l'émiettement et la négation achevés de la sphère artistique, qui a suivi le cours général du baroque. La disparition de l'art historique qui était lié à la communication interne d'une élite, qui avait sa base sociale semi-indépendante dans les conditions partiellement ludiques encore vécues par les dernières aristocraties, traduit aussi ce fait que le capitalisme connaît le premier pouvoir de classe qui s'avoue dépouillé de toute qualité ontologique ; et dont la racine du pouvoir dans la simple gestion de l'économie est également la perte de toute *maîtrise* humaine. L'ensemble baroque, qui pour la *création* artistique est lui-même une unité depuis longtemps perdue, se retrouve en quelque manière dans la *consommation* actuelle de la totalité du passé artistique. La connaissance et la reconnaissance historiques de tout l'art du passé, rétrospectivement constitué en art mondial, le relativisent en un désordre global qui constitue à son tour un édifice baroque à un niveau plus élevé, édifice dans lequel doivent se fondre la production même d'un art baroque et toutes ses résurgences. Les arts de toutes les civilisations et de toutes les époques, pour la première fois, peuvent être tous connus et admis ensemble. C'est une « recollection des souvenirs » de l'histoire de l'art qui, en devenant possible, est aussi bien *la fin du monde de l'art*. C'est dans cette époque des musées, quand aucune communication artistique ne peut plus exister, que tous les moments anciens de l'art peuvent être également admis, car aucun d'eux ne pâtit plus de la perte de ses conditions de communication particulières, dans la perte présente des conditions de communication *en général*.

190

L'art à son époque de dissolution, en tant que mouvement négatif qui poursuit le dépassement de l'art dans une société historique où l'histoire n'est pas encore vécue, est à la fois un art du changement et l'expression pure du changement impossible. Plus son exigence est grandiose, plus sa véritable réalisation est au delà de lui. Cet art est forcément d'*avant-garde*, et il *n'est pas*. Son avant-garde est sa disparition.

191

Le dadaïsme et le surréalisme sont les deux courants qui marquèrent la fin de l'art moderne. Ils sont, quoique seulement d'une manière relativement conscient, contemporains du dernier grand assaut du mouvement révolutionnaire prolétarien ; et l'échec de ce mouvement, qui les laissait enfermés dans le champ artistique même dont ils avaient proclamé la caducité, est la raison fondamentale de leur immobilisation. Le dadaïsme et le surréalisme sont à la fois historiquement liés et en opposition. Dans cette opposition, qui constitue aussi pour chacun la part la plus conséquente et radicale de son apport, apparaît l'insuffisance interne de leur critique, développée par l'un comme par l'autre d'un seul côté. Le dadaïsme a voulu *supprimer l'art sans le réaliser*; et le surréalisme a voulu *réaliser l'art sans le supprimer*. La position critique élaborée depuis par les *situationnistes* a montré que la suppression et la réalisation de l'art sont les aspects inséparables d'un même *dépassement de l'art*.

192

La consommation spectaculaire qui conserve l'ancienne culture congelée, y compris la répétition récupérée de ses manifestations négatives, devient ouvertement dans son secteur culturel ce qu'elle est implicitement dans sa totalité : la *communication de l'incommunicable*. La destruction extrême du langage peut s'y trouver platement reconnue comme une valeur positive officielle, car il s'agit d'afficher une réconciliation avec l'état dominant des choses, dans lequel toute communication est joyeusement proclamée absente. La vérité critique de cette destruction en tant que vie réelle de la poésie et de l'art modernes est évidemment cachée, car le spectacle, qui a la fonction de *faire oublier l'histoire dans la culture*, applique dans la pseudo-nouveauté de ses moyens modernistes la stratégie même qui le constitue en profondeur. Ainsi peut se donner pour nouvelle une école de néo-littérature, qui simplement admet qu'elle contemple l'écrit pour lui-même. Par ailleurs, à côté de la simple proclamation de la beauté suffisante de la dissolution du communicable, la tendance la plus moderne de la culture spectaculaire — et la plus liée à la pratique répressive de l'organisation générale de la société — cherche à recomposer, par des «travaux d'ensemble», un milieu néo-artistique complexe à partir des éléments décomposés; notamment dans les recherches d'intégration des débris artistiques ou d'hybrides esthético-techniques dans l'urbanisme. Ceci est la traduction, sur le plan de la pseudo-culture spectaculaire, de ce projet général du capitalisme développé qui vise à ressaisir le travailleur parcellaire comme «personnalité bien intégrée au groupe», tendance décrite par les récents sociologues américains (Riesman, Whyte, etc.). C'est partout le même projet d'une *restructuration sans communauté.*

193

La culture devenue intégralement marchandise doit aussi devenir la marchandise vedette de la société spectaculaire. Clark Kerr, un des idéologues les plus avancés de cette tendance, a calculé que le complexe processus de production, distribution et consommation *des connaissances,* accapare déjà annuellement 29 % du produit national aux États-Unis; et il prévoit que la culture doit tenir dans la seconde moitié de ce siècle le rôle moteur dans le développement de l'économie, qui fut celui de l'automobile dans sa première moitié, et des chemins de fer dans la seconde moitié du siècle précédent.

194

L'ensemble des connaissances qui continue de se développer actuellement comme *pensée du spectacle* doit justifier une société sans justifications, et se constituer en science générale de la fausse conscience. Elle est entièrement conditionnée par le fait qu'elle ne peut ni ne veut penser sa propre base matérielle dans le système spectaculaire.

195

La pensée de l'organisation sociale de l'apparence est elle-même obscurcie par la *sous-communication* généralisée qu'elle défend. Elle ne sait pas que le conflit est à l'origine de toutes choses de son monde. Les spécialistes du pouvoir du spectacle, pouvoir absolu à l'intérieur de son système du langage sans réponse, sont corrompus absolument par leur expérience du mépris et de la réussite du mépris ; car ils retrouvent leur mépris confirmé par la connaissance de *l'homme méprisable* qu'est réellement le spectateur.

196

Dans la pensée spécialisée du système spectaculaire, s'opère une nouvelle division des tâches, à mesure que le perfectionnement même de ce système pose de nouveaux problèmes : d'un côté la *critique spectaculaire du spectacle* est entreprise par la sociologie moderne qui étudie la séparation à l'aide des seuls instruments conceptuels et matériels de la séparation ; de l'autre côté l'*apologie du spectacle* se constitue en pensée de la non-pensée, en *oubli attitré* de la pratique historique, dans les diverses disciplines où s'enracine le structuralisme. Pourtant, le faux désespoir de la critique non dialectique et le faux optimisme de la pure publicité du système sont identiques en tant que pensée soumise.

197

La sociologie qui a commencé à mettre en discussion, d'abord aux États-Unis, les conditions d'existence entraînées par l'actuel développement, si elle a pu rapporter beaucoup de données empiriques, ne connaît aucunement la vérité de son propre objet, parce qu'elle ne trouve pas en lui-même la critique qui lui est immanente. De sorte que la tendance sincèrement réformiste de cette sociologie ne s'appuie que sur la morale, le bon sens, des appels tout à fait dénués d'à-propos à la mesure, etc. Une telle manière de critiquer, parce qu'elle ne connaît pas le négatif qui est au cœur de son monde, ne fait qu'insister sur la description d'une sorte de surplus négatif qui lui paraît déplorablement l'encombrer en surface, comme une prolifération parasitaire irrationnelle. Cette bonne volonté indignée, qui même en tant que telle ne parvient à blâmer que les conséquences extérieures du système, se croit critique en oubliant le caractère essentiellement *apologétique* de ses présuppositions et de sa méthode.

198

Ceux qui dénoncent l'absurdité ou les périls de l'incitation au gaspillage dans la société de l'abondance économique ne savent pas à quoi sert le gaspillage. Ils condamnent avec ingratitude, au nom de la rationalité économique, les bons gardiens irrationnels sans lesquels le pouvoir de cette rationalité économique s'écroulerait. Et Boorstin par exemple, qui décrit dans *L'Image* la consommation marchande du spectacle américain, n'atteint jamais le concept de spectacle, parce qu'il croit pouvoir laisser en dehors de cette désastreuse exagération la vie privée, ou la notion d'«honnête marchandise». Il ne comprend pas que la marchandise elle-même a fait les lois dont l'application «honnête» doit donner aussi bien la réalité distincte de la vie privée que sa reconquête ultérieure par la consommation sociale des images.

199

Boorstin décrit les excès d'un monde qui nous est devenu étranger, comme des excès étrangers à notre monde. Mais la base «normale» de la vie sociale, à laquelle il se réfère implicitement quand il qualifie le règne superficiel des images, en termes de jugement psychologique et moral, comme le produit de «nos extravagantes prétentions», n'a aucune réalité, ni dans son livre ni dans son époque. C'est parce que la vie humaine réelle dont parle Boorstin est pour lui dans le passé, y compris le passé de la résignation religieuse, qu'il ne peut comprendre toute la profondeur d'une société de l'image. La *vérité* de cette société n'est rien d'autre que la *négation* de cette société.

200

La sociologie, qui croit pouvoir isoler de l'ensemble de la vie sociale une rationalité industrielle fonctionnant à part, peut aller jusqu'à isoler du mouvement industriel global les techniques de reproduction et transmission. C'est ainsi que Boorstin trouve pour cause des résultats qu'il dépeint la malheureuse rencontre, quasiment fortuite, d'un trop grand appareil technique de diffusion des images et d'une trop grande attirance des hommes de notre époque pour le pseudo-sensationnel. Ainsi le spectacle serait dû au fait que l'homme moderne serait trop spectateur. Boorstin ne comprend pas que la prolifération des « pseudo-événements » préfabriqués, qu'il dénonce, découle de ce simple fait que les hommes, dans la réalité massive de la vie sociale actuelle, ne vivent pas eux-mêmes des événements. C'est parce que l'histoire elle-même hante la société moderne comme un spectre, que l'on trouve de la pseudo-histoire construite à tous les niveaux de la consommation de la vie, pour préserver l'équilibre menacé de l'actuel *temps gelé*.

201

L'affirmation de la stabilité définitive d'une courte période de gel du temps historique est la base indéniable, inconsciemment et consciemment proclamée, de l'actuelle tendance à une systématisation *structuraliste*. Le point de vue où se place la pensée anti-historique du structuralisme est celui de l'éternelle présence d'un système qui n'a jamais été créé et qui ne finira jamais. Le rêve de la dictature d'une structure préalable inconsciente sur toute praxis sociale a pu être abusivement tiré des modèles de structures élaborés par la linguistique et l'ethnologie (voire l'analyse du fonctionnement du capitalisme), modèles *déjà abusivement compris dans ces circonstances*, simplement parce qu'une pensée universitaire de *cadres moyens*, vite comblés, pensée intégralement enfoncée dans l'éloge émerveillé du système existant, ramène platement toute réalité à l'existence du système.

202

Comme dans toute science sociale historique, il faut toujours garder en vue, pour la compréhension des catégories « structuralistes » que les catégories expriment des formes d'existence et des conditions d'existence. Tout comme on n'apprécie pas la valeur d'un homme selon la conception qu'il a de lui-même, on ne peut apprécier — et admirer — cette société déterminée en prenant comme indiscutablement véridique le langage qu'elle se parle à elle-même. « On ne peut apprécier de telles époques de transformation selon la conscience qu'en a l'époque ; bien au contraire, on doit expliquer la conscience à l'aide des contradictions de la vie matérielle... » La structure est fille du pouvoir présent. Le structuralisme est la *pensée garantie par l'État,* qui pense les conditions présentes de la « communication » spectaculaire comme un absolu. Sa façon d'étudier le code des messages en lui-même n'est que le produit, et la reconnaissance, d'une société où la communication existe sous forme d'une cascade de signaux hiérarchiques. De sorte que ce n'est pas le structuralisme qui sert à prouver la validité transhistorique de la société du spectacle ; c'est au contraire la société du spectacle s'imposant comme réalité massive qui sert à prouver le rêve froid du structuralisme.

203

Sans doute, le concept critique de *spectacle* peut aussi être vulgarisé en une quelconque formule creuse de la rhétorique sociologico-politique pour expliquer et dénoncer abstraitement tout, et ainsi servir à la défense du système spectaculaire. Car il est évident qu'aucune idée ne peut mener au delà du spectacle existant, mais seulement au delà des idées existantes sur le spectacle. Pour détruire effectivement la société du spectacle, il faut des hommes mettant en action une force pratique. La théorie critique du spectacle n'est vraie qu'en s'unifiant au courant pratique de la négation dans la société, et cette négation, la reprise de la lutte de classe révolutionnaire, deviendra consciente d'elle-même en développant la critique du spectacle, qui est la théorie de ses conditions réelles, des conditions pratiques de l'oppression actuelle, et dévoile inversement le secret de ce qu'elle peut être. Cette théorie n'attend pas de miracles de la classe ouvrière. Elle envisage la nouvelle formulation et la réalisation des exigences prolétariennes comme une tâche de longue haleine. Pour distinguer artificiellement lutte théorique et lutte pratique — car sur la base ici définie, la constitution même et la communication d'une telle théorie ne peut déjà pas se concevoir sans une *pratique rigoureuse* —, il est sûr que le cheminement obscur et difficile de la théorie critique devra être aussi le lot du mouvement pratique agissant à l'échelle de la société.

204

La théorie critique doit *se communiquer* dans son propre langage. C'est le langage de la contradiction, qui doit être dialectique dans sa forme comme il l'est dans son contenu. Il est critique de la totalité et critique historique. Il n'est pas un « degré zéro de l'écriture » mais son renversement. Il n'est pas une négation du style, mais le style de la négation.

205

Dans son style même, l'exposé de la théorie dialectique est un scandale et une abomination selon les règles du langage dominant, et pour le goût qu'elles ont éduqué, parce que dans l'emploi positif des concepts existants, il inclut du même coup l'intelligence de leur *fluidité* retrouvée, de leur destruction nécessaire.

206

Ce style qui contient sa propre critique doit exprimer la domination de la critique présente *sur tout son passé*. Par lui le mode d'exposition de la théorie dialectique témoigne de l'esprit négatif qui est en elle. « La vérité n'est pas comme le produit dans lequel on ne trouve plus de trace de l'outil » (Hegel). Cette conscience théorique du mouvement, dans laquelle la trace même du mouvement doit être présente, se manifeste par le *renversement* des relations établies entre les concepts et par le *détournement* de toutes les acquisitions de la critique antérieure. Le renversement du génitif est cette expression des révolutions historiques, consignée dans la forme de la pensée, qui a été considérée comme le style épigrammatique de Hegel. Le jeune Marx préconisant, d'après l'usage systématique qu'en avait fait Feuerbach, le remplacement du sujet par le prédicat, a atteint l'emploi le plus conséquent de ce *style insurrectionnel* qui, de la philosophie de la misère, tire la misère de la philosophie. Le détournement ramène à la subversion les conclusions critiques passées qui ont été figées en vérités respectables, c'est-à-dire transformées en mensonges. Kierkegaard déjà en a fait délibérément usage, en lui adjoignant lui-même sa dénonciation : « Mais nonobstant les tours et détours, comme la confiture rejoint toujours le garde-manger, tu finis toujours par y glisser un petit mot qui n'est pas de toi et qui trouble par le souvenir qu'il réveille » *(Miettes philosophiques).* C'est l'obligation de la *distance* envers ce qui a été falsifié en vérité officielle qui détermine cet emploi du détournement, avoué ainsi par Kierkegaard, dans le même livre : « Une seule remarque encore à propos de tes nombreuses allusions visant toutes au grief que je mêle à mes dires des propos empruntés. Je ne le nie pas ici et je ne cacherai pas non plus que c'était volontaire et que dans une nouvelle suite à cette brochure, si jamais je l'écris, j'ai l'intention de nommer l'objet de son vrai nom et de revêtir le problème d'un costume historique. »

207

Les idées s'améliorent. Le sens des mots y participe. Le plagiat est nécessaire. Le progrès l'implique. Il serre de près la phrase d'un auteur, se sert de ses expressions, efface une idée fausse, la remplace par l'idée juste.

208

Le détournement est le contraire de la citation, de l'autorité théorique toujours falsifiée du seul fait qu'elle est devenue citation ; fragment arraché à son contexte, à son mouvement, et finalement à son époque comme référence globale et à l'option précise qu'elle était à l'intérieur de cette référence, exactement reconnue ou erronée. Le détournement est le langage fluide de l'anti-idéologie. Il apparaît dans la communication qui sait qu'elle ne peut prétendre détenir aucune garantie en elle-même et définitivement. Il est, au point le plus haut, le langage qu'aucune référence ancienne et supra-critique ne peut confirmer. C'est au contraire sa propre cohérence, en lui-même et avec les faits praticables, qui peut confirmer l'ancien noyau de vérité qu'il ramène. Le détournement n'a fondé sa cause sur rien d'extérieur à sa propre vérité comme critique présente.

209

Ce qui, dans la formulation théorique, se présente ouvertement comme *détourné*, en démentant toute autonomie durable de la sphère du théorique exprimé, en y faisant intervenir *par cette vio-lence* l'action qui dérange et emporte tout ordre existant, rappelle que cette existence du théorique n'est rien en elle-même, et n'a à se connaître qu'avec l'action historique, et la *correction historique* qui est sa véritable fidélité.

210

La négation réelle de la culture est seule à en conserver le sens. Elle ne peut plus être *culturelle*. De la sorte elle est ce qui reste, de quelque manière, au niveau de la culture, quoique dans une acception toute différente.

211

Dans le langage de la contradiction, la critique de la culture se présente *unifiée* : en tant qu'elle domine le tout de la culture — sa connaissance comme sa poésie —, et en tant qu'elle ne se sépare plus de la critique de la totalité sociale. C'est cette *critique théorique unifiée* qui va seule à la rencontre de la *pratique sociale unifiée*.

IX. l'idéologie matérialisée

« La conscience de soi est *en soi* et *pour soi*
quand et parce qu'elle est en soi et pour soi
pour une autre conscience de soi ; c'est-à-dire
qu'elle n'est qu'en tant qu'être reconnu. »

Hegel *(Phénoménologie de l'Esprit)*

212

L'idéologie est la *base* de la pensée d'une société de classes, dans le cours conflictuel de l'histoire. Les faits idéologiques n'ont jamais été de simples chimères, mais la conscience déformée des réalités, et en tant que tels des facteurs réels exerçant en retour une réelle action déformante ; d'autant plus la *matérialisation* de l'idéologie qu'entraîne la réussite concrète de la production économique autonomisée, dans la forme du spectacle, confond pratiquement avec la réalité sociale une idéologie qui a pu retailler tout le réel sur son modèle.

213

Quand l'idéologie, qui est la volonté *abstraite* de l'universel, et son illusion, se trouve légitimée par l'abstraction universelle et la dictature effective de l'illusion dans la société moderne, elle n'est plus la lutte volontariste du parcellaire, mais son triomphe. De là, la prétention idéologique acquiert une sorte de plate exactitude positiviste : elle n'est plus un choix historique, mais une évidence. Dans une telle affirmation, les *noms* particuliers des idéologies se sont évanouis. La part même de travail proprement idéologique au service du système ne se conçoit plus qu'en tant que reconnaissance d'un « socle épistémologique » qui se veut au delà de tout phénomène idéologique. L'idéologie matérialisée est elle-même sans nom, comme elle est sans programme historique énonçable. Ceci revient à dire que l'histoire *des idéologies* est finie.

214

L'idéologie, que toute sa logique interne menait vers l'« idéologie totale », au sens de Mannheim, despotisme du fragment qui s'impose comme pseudo-savoir d'un *tout* figé, vision *totalitaire*, est maintenant accomplie dans le spectacle immobilisé de la non-histoire. Son accomplissement est aussi sa dissolution dans l'ensemble de la société. Avec la *dissolution pratique* de cette société doit disparaître l'idéologie, la *dernière déraison* qui bloque l'accès à la vie historique.

Le spectacle est l'idéologie par excellence, parce qu'il expose et manifeste dans sa plénitude l'essence de tout système idéologique : l'appauvrissement, l'asservissement et la négation de la vie réelle. Le spectacle est matériellement « l'expression de la séparation et de l'éloignement entre l'homme et l'homme ». La « nouvelle *puissance* de la tromperie » qui s'y est concentrée a sa base dans cette production, par laquelle « avec la masse des objets croît... le nouveau domaine des êtres étrangers à qui l'homme est asservi ». C'est le stade suprême d'une expansion qui a retourné le besoin contre la vie. « Le besoin de l'argent est donc le vrai besoin produit par l'économie politique, et le seul besoin qu'elle produit » *(Manuscrits économico-philosophiques)*. Le spectacle étend à toute la vie sociale le principe que Hegel, dans la *Realphilosophie* d'Iéna, conçoit comme celui de l'argent ; c'est « la vie de ce qui est mort, se mouvant en soi-même ».

Au contraire du projet résumé dans les *Thèses sur Feuerbach* (la réalisation de la philosophie dans la praxis qui dépasse l'opposition de l'idéalisme et du matérialisme), le spectacle conserve à la fois, et impose dans le pseudo-concret de son univers, les caractères idéologiques du matérialisme et de l'idéalisme. Le côté contemplatif du vieux matérialisme qui conçoit le monde comme représentation et non comme activité — et qui idéalise finalement la matière — est accompli dans le spectacle, où des choses concrètes sont automatiquement maîtresses de la vie sociale. Réciproquement, l'*activité rêvée* de l'idéalisme s'accomplit également dans le spectacle, par la médiation technique de signes et de signaux — qui finalement matérialisent un idéal abstrait.

217

Le parallélisme entre l'idéologie et la schizophrénie établi par Gabel (*La Fausse Conscience*) doit être placé dans ce processus économique de matérialisation de l'idéologie. Ce que l'idéologie était déjà, la société l'est devenue. La désinsertion de la praxis, et la fausse conscience anti-dialectique qui l'accompagne, voilà ce qui est imposé à toute heure de la vie quotidienne soumise au spectacle ; qu'il faut comprendre comme une organisation systématique de la «défaillance de la faculté de rencontre», et comme son remplacement par un *fait hallucinatoire social* : la fausse conscience de la rencontre, l'«illusion de la rencontre». Dans une société où personne ne peut plus être *reconnu* par les autres, chaque individu devient incapable de reconnaître sa propre réalité. L'idéologie est chez elle; la séparation a bâti son monde.

218

«Dans les tableaux cliniques de la schizophrénie, dit Gabel, décadence de la dialectique de la totalité (avec comme forme extrême la dissociation) et décadence de la dialectique du devenir (avec comme forme extrême la catatonie) semblent bien solidaires.» La conscience spectatrice, prisonnière d'un univers aplati, borné par *l'écran* du spectacle, derrière lequel sa propre vie a été déportée, ne connaît plus que les *interlocuteurs fictifs* qui l'entretiennent unilatéralement de leur marchandise et de la politique de leur marchandise. Le spectacle, dans toute son étendue, est son «signe du miroir». Ici se met en scène la fausse sortie d'un autisme généralisé.

219

Le spectacle, qui est l'effacement des limites du moi et du monde par l'écrasement du moi qu'assiège la présence-absence du monde, est également l'effacement des limites du vrai et du faux par le refoulement de toute vérité vécue sous la *présence réelle* de la fausseté qu'assure l'organisation de l'apparence. Celui qui subit passivement son sort quotidiennement étranger est donc poussé vers une folie qui réagit illusoirement à ce sort, en recourant à des techniques magiques. La reconnaissance et la consommation des marchandises sont au centre de cette pseudo-réponse à une communication sans réponse. Le besoin d'imitation qu'éprouve le consommateur est précisément le besoin infantile, conditionné par tous les aspects de sa dépossession fondamentale. Selon les termes que Gabel applique à un niveau pathologique tout autre, « le besoin anormal de représentation compense ici un sentiment torturant d'être en marge de l'existence ».

220

Si la logique de la fausse conscience ne peut se connaître elle-même véridiquement, la recherche de la vérité critique sur le spectacle doit aussi être une critique vraie. Il lui faut lutter pratiquement parmi les ennemis irréconciliables du spectacle, et admettre d'être absente là où ils sont absents. Ce sont les lois de la pensée dominante, le point de vue exclusif de l'*actualité,* que reconnaît la volonté abstraite de l'efficacité immédiate, quand elle se jette vers les compromissions du réformisme ou de l'action commune de débris pseudo-révolutionnaires. Par là le délire s'est reconstitué dans la position même qui prétend le combattre. Au contraire, la critique qui va au-delà du spectacle doit *savoir attendre*.

221

S'émanciper des bases matérielles de la vérité inversée, voilà en quoi consiste l'auto-émancipation de notre époque. Cette « mission historique d'instaurer la vérité dans le monde », ni l'individu isolé ni la foule atomisée soumise aux manipulations ne peuvent l'accomplir, mais encore et toujours la classe qui est capable d'être la dissolution de toutes les classes en ramenant tout le pouvoir à la forme désaliénante de la démocratie réalisée, le Conseil dans lequel la théorie pratique se contrôle elle-même et voit son action. Là seulement où les individus sont « directement liés à l'histoire universelle » ; là seulement où le dialogue s'est armé pour faire vaincre ses propres conditions.

Avertissement pour la troisième édition française   7

    I. la séparation achevée   13

   II. la marchandise comme spectacle   33

  III. unité et division dans l'apparence   49

  IV. le prolétariat comme sujet et comme représentation   67

    V. temps et histoire   123

  VI. le temps spectaculaire   147

 VII. l'aménagement du territoire   161

VIII. la négation et la consommation dans la culture   175

  IX. l'idéologie matérialisée   201

DU MÊME AUTEUR

Aux Éditions Gallimard

LA SOCIÉTÉ DU SPECTACLE («Folio», *n° 2788*).

COMMENTAIRES SUR LA SOCIÉTÉ DU SPECTACLE, *suivi de* PRÉFACE À LA QUATRIÈME ÉDITION ITA-LIENNE DE «LA SOCIÉTÉ DU SPECTACLE» («Folio», *n° 2905*).

CONSIDÉRATIONS SUR L'ASSASSINAT DE GÉRARD LEBOVICI.

PANÉGYRIQUE, 1 et 2.

«CETTE MAUVAISE RÉPUTATION...» («Folio», *n° 3149*).

ŒUVRES CINÉMATOGRAPHIQUES COMPLÈTES.

«POTLATCH» 1954-1957. *Présenté par Guy Debord* («Folio», *n° 2906*).

IN GIRUM IMUS NOCTE ET CONSUMIMUR IGNI suivi de ORDURES ET DÉCOMBRES. Édition critique augmentée de notes diverses de l'auteur.

DÉCOMBRES. Édition critique augmentée de notes diverses de l'auteur.

LA PLANÈTE MALADE.

ŒUVRES («Quarto»).

LE JEU DE LA GUERRE : RELEVÉ DES POSITIONS SUCCESSIVES DE TOUTES LES FORCES AU COURS D'UNE PARTIE, avec Alice Becker-Ho.

ENREGISTREMENTS MAGNÉTIQUES (1952-1961).

ŒUVRES CINÉMATOGRAPHIQUES COMPLÈTES. DVD.

DANS LA COLLECTION FOLIO / ESSAIS

429 Joyce McDougall : *Théâtre du corps.*
430 Stephen Hawking et Roger Penrose : *La nature de l'espace et du temps.*
431 Georges Roque : *Qu'est-ce que l'art abstrait ?*
432 Julia Kristeva : *Le génie féminin, I. Hannah Arendt.*
433 Julia Kristeva : *Le génie féminin, II. Melanie Klein.*
434 Jacques Rancière : *Aux bords du politique.*
435 Herbert A. Simon : *Les sciences de l'artificiel.*
436 Vincent Descombes : *L'inconscient malgré lui.*
437 Jean-Yves et Marc Tadié : *Le sens de la mémoire.*
438 D. W Winnicott : *Conversations ordinaires.*
439 Patrick Pharo : *Morale et sociologie (Le sens et les valeurs entre nature et culture).*
440 Joyce McDougall : *Théâtres du je.*
441 André Gorz : *Métamorphoses du travail.*
442 Julia Kristeva : *Le génie féminin, III. Colette.*
443 Michel Foucault : *Philosophie (Anthologie).*
444 Annie Lebrun : *Du trop de réalité.*
445 Christian Morel : *Les décisions absurdes.*
446 C. B. Macpherson : *La theorie politique de l'individualisme possessif.*
447 Frédéric Nef : *Qu'est-ce que la métaphysique ?*
448 Aristote : *De l'âme.*
449 Jean-Pierre Luminet : *L'Univers chiffonné.*
450 André Rouillé : *La photographie.*
451 Brian Greene : *L'Univers élégant.*
452 Marc Jimenez : *La querelle de l'art contemporain.*
453 Charles Melman : *L'Homme sans gravité.*
454 Nûruddîn Abdurrahmân Isfarâyinî : *Le Révélateur des Mystères.*
455 Harold Searles : *Le contre-transfert.*
456 Le Talmud : *Traité Moed Katan.*
457 Annie Lebrun : *De l'éperdu.*
458 Pierre Fédida : *L'absence.*

459 Paul Ricœur : *Parcours de la reconnaissance.*

460 Pierre Bouvier : *Le lien social.*

461 Régis Debray : *Le feu sacré.*

462 Joëlle Proust : *La nature de la volonté.*

463 André Gorz : *Le traître* suivi de *Le vieillissement.*

464 Henry de Montherlant : *Service inutile.*

465 Marcel Gauchet : *La condition historique.*

466 Marcel Gauchet : *Le désenchantement du monde.*

467 Christian Biet et Christophe Triau : *Qu'est-ce que le théâtre ?*

468 Trinh Xuan Thuan : *Origines (La nostalgie des commencements).*

469 Daniel Arasse : *Histoires de peintures.*

470 Jacqueline Delange : *Arts et peuple de l'Afrique noire (Introduction à une analyse des créations plastiques).*

471 Nicole Lapierre : *Changer de nom.*

472 Gilles Lipovetsky : *La troisième femme (Permanence et révolution du féminin).*

473 Michael Walzer : *Guerres justes et injustes (Argumentation morale avec exemples historiques).*

474 Henri Meschonnic : *La rime et la vie.*

475 Denys Riout : *La peinture monochrome (Histoire et archéologie d'un genre).*

476 Peter Galison : *L'Empire du temps (Les horloges d'Einstein et les cartes de Poincaré).*

477 George Steiner : *Maîtres et disciples.*

479 Henri Godard : *Le roman modes d'emploi.*

480 Theodor W. Adorno/Walter Benjamin : *Correspondance 1928-1940.*

481 Stéphane Mosès : *L'Ange de l'Histoire (Rosenzweig, Benjamin, Scholem).*

482 Nicole Lapierre : *Pensons ailleurs.*

483 Nelson Goodman : *Manières de faire des mondes.*

484 Michel Lallement : *Le travail (Une sociologie contemporaine).*

485 Ruwen Ogien : *L'Éthique aujourd'hui (Maximalistes et minimalistes).*

486 Collectif : *La pensée en Chine aujourd'hui.* Édité sous la direction d'Anne Cheng, avec la collaboration de Jean-Philippe de Tonnac.

487 Merritt Ruhlen : *L'origine des langues (Sur les traces de la langue mère).*

488 Luc Boltanski : *La souffrance à distance (Morale humanitaire, médias et politique)* suivi de *La présence des absents.*

489 Jean-Marie Donegani et Marc Sadoun : *Qu'est-ce que la politique ?*

490 G. W. F. Hegel : *Leçons sur l'histoire de la philosophie.*

491 Collectif : *Le royaume intermédiaire (Psychanalyse, littérature, autour de J.-B. Pontalis).*

492 Brian Greene : *La magie du Cosmos (L'espace, le temps, la réalité : tout est à repenser).*

493 Jared Diamond : *De l'inégalité parmi les sociétés (Essai sur l'homme et l'environnement dans l'histoire).*

494 Hans Belting : *L'histoire de l'art est-elle finie ? (Histoire et archéologie d'un genre).*

495 Collectif : *La littérature française : dynamique et histoire I.* Édité sous la direction de J.-Y. Tadié.

496 Collectif : *La littérature française : dynamique et histoire II.* Édité sous la direction de J.-Y. Tadié.

497 Catherine Darbo-Peschanski : *L'Historia (Commencements grecs).*

498 Laurent Barry : *La parenté.*

499 Louis Van Delft : *Les moralistes. Une apologie.*

500 Karl Marx : *Le Capital (Livre I).*

501 Karl Marx : *Le Capital (Livres II et III).*

502 Pierre Hadot : *Le voile d'Isis (Essai sur l'histoire de l'idée de Nature).*

503 Isabelle Queval : *Le corps aujourd'hui.*

504 Rémi Brague : *La loi de Dieu (Histoire philosophique d'une alliance).*

505 George Steiner : *Grammaires de la création.*

506 Alain Finkielkraut : *Nous autres, modernes (Quatre leçons).*

507 Trinh Xuan Thuan : *Les voies de la lumière (Physique et métaphysique du clair-obscur).*

508 Marc Augé : *Génie du paganisme.*

509 François Recanati : *Philosophie du langage (et de l'esprit)*.
510 Leonard Susskind : *Le paysage cosmique (Notre univers en cacherait-il des millions d'autres?)*
511 Nelson Goodman : *L'art en théorie et en action.*
512 Gilles Lipovetsky : *Le bonheur paradoxal (Essai sur la société d'hyperconsommation)*.
513 Jared Diamond : *Effondrement (Comment les sociétés décident de leur disparition et de leur survie)*.
514 Dominique Janicaud : *La phénoménologie dans tous ses états (Le tournant théologique de la phénoménologie française suivi de La phénoménologie éclatée)*.
515 Belinda Cannone : *Le sentiment d'imposture.*
516 Claude-Henri Chouard : *L'oreille musicienne (Les chemins de la musique de l'oreille au cerveau)*.
517 Stanley Cavell : *Qu'est-ce que la philosophie américaine? (De Wittgenstein à Emerson, une nouvelle Amérique encore inapprochable* suivi de *Conditions nobles et ignobles* suivi de *Status d'Emerson)*.
518 Frédéric Worms : *La philosophie en France au XXᵉ siècle (Moments)*.
519 Lucien X. Polastron : *Livres en feu (Histoire de la destruction sans fin des bibliothèques)*.
520 Galien : *Méthode de traitement.*
521 Arthur Schopenhauer : *Les deux problèmes fondamentaux de l'éthique (La liberté de la volonté — Le fondement de la morale)*.
522 Arthur Schopenhauer : *Le monde comme volonté et représentation I.*
523 Arthur Schopenhauer : *Le monde comme volonté et représentation II.*
524 Catherine Audard : *Qu'est-ce que le libéralisme? (Éthique, politique, société)*.
525 Frédéric Nef : *Traité d'ontologie pour les non-philosophes (et les philosophes)*.
526 Sigmund Freud : *Sur la psychanalyse (Cinq conférences)*.
527 Sigmund Freud : *Totem et tabou (Quelques concordances entre la vie psychique des sauvages et celle des névrosés)*.

528 Sigmund Freud : *Conférences d'introduction à la psychanalyse.*
529 Sigmund Freud : *Sur l'histoire du mouvement psychanalytique.*
530 Sigmund Freud : *La psychopathologie de la vie quotidienne (Sur l'oubli, le lapsus, le geste manqué, la superstition et l'erreur).*
531 Jared Diamond : *Pourquoi l'amour est un plaisir (L'évolution de la sexualité humaine).*
532 Marcelin Pleynet : *Cézanne.*
533 John Dewey : *Le public et ses problèmes.*
534 John Dewey : *L'art comme expérience.*
535 Jean-Pierre Cometti : *Qu'est-ce que le pragmatisme ?*
536 Alexandra Laignel-Lavastine : *Esprits d'Europe (Autour de Czeslaw Milosz, Jan Patočka, István Bibó. Essai sur les intellectuels d'Europe centrale au XXe siècle).*
537 Jean-Jacques Rousseau : *Profession de foi du vicaire savoyard.*
538 Régis Debray : *Le moment fraternité.*
539 Claude Romano : *Au cœur de la raison, la phénoménologie.*
540 Marc Dachy : *Dada & les dadaïsmes (Rapport sur l'anéantissement de l'ancienne beauté).*
541 Jean-Pierre Luminet : *Le Destin de l'Univers (Trous noirs et énergie sombre) I.*
542 Jean-Pierre Luminet : *Le Destin de l'Univers (Trous noirs et énergie sombre) II.*
543 Collectif : *Qui sont les animaux ?* Édité sous la direction de Jean Birnbaum.
544 Yves Michaud : *Qu'est-ce que le mérite ?*
545 Luc Boltanski : *L'Amour et la Justice comme compétences (Trois essais de sociologie de l'action).*
546 Jared Diamond : *Le troisième chimpanzé (Essai sur l'évolution et l'avenir de l'animal humain).*
547 Christian Jambet : *Qu'est-ce que la philosophie islamique ?*
548 Lie-tseu : *Le Vrai Classique du vide parfait.*
549 Hans-Johann Glock : *Qu'est-ce que la philosophie analytique ?*
550 Hélène Maurel-Indart : *Du plagiat.*

551 Collectif : *Textes sacrés d'Afrique noire.*
552 Mahmoud Hussein : *Penser le Coran.*
553 Hervé Clerc : *Les choses comme elles sont (Une initiation au bouddhisme ordinaire).*
554 Étienne Bimbenet : *L'animal que je ne suis plus.*
555 Sous la direction de Jean Birnbaum : *Pourquoi rire ?*
556 Tchouang-tseu : *Œuvre complète.*
557 Jean Clottes : *Pourquoi l'art préhistorique ?*
558 Luc Lang : *Délit de fiction (La littérature, pourquoi ?).*
559 Daniel C. Dennett : *De beaux rêves (Obstacles philosophiques à une science de la conscience).*
560 Stephen Jay Gould : *L'équilibre ponctué.*
561 Christian Laval : *L'ambition sociologique (Saint-Simon, Comte, Tocqueville, Marx, Durkheim, Weber).*
562 Dany-Robert Dufour : *Le Divin Marché (La révolution culturelle libérale).*
563 Dany-Robert Dufour : *La Cité perverse (Libéralisme et pornographie).*
564 Sander Bais : *Une relativité bien particulière… précédé de Les équations fondamentales de la physique (Histoire et signification).*
565 Helen Epstein : *Le traumatisme en héritage (Conversations avec des fils et filles de survivants de la Shoah).*
566 Belinda Cannone : *L'écriture du désir.*
567 Denis Lacorne : *De la religion en Amérique (Essai d'histoire politique).*
568 Collectif : *Où est passé le temps ?* Édité sous la direction de Jean Birnbaum.
569 Simon Leys : *Protée et autres essais.*
570 Robert Darnton : *Apologie du livre (Demain, aujourd'hui, hier).*
571 Kora Andrieu : *La justice transitionnelle (De l'Afrique du Sud au Rwanda).*
572 Leonard Susskind : *Trous noirs (La guerre des savants).*
573 Mona Ozouf : *La cause des livres.*
574 Antoine Arjakovsky : *Qu'est-ce que l'orthodoxie ?*
575 Martin Bojowald : *L'univers en rebond (Avant le big-bang).*
576 Axel Honneth : *La lutte pour la reconnaissance.*

577 Marcel Gauchet : *La révolution moderne (L'avènement de la démocratie I)*.

578 Ruwen Ogien : *L'État nous rend-il meilleurs ? (Essai sur la liberté politique)*.

579 Gilles Cohen-Tannoudji et Michel Spiro : *Le boson et le chapeau mexicain (Un nouveau grand récit de l'univers)*.

580 Thomas Laqueur : *La Fabrique du sexe (Essai sur le corps et le genre en Occident)*.

581 Hannah Arendt : *De la révolution*.

582 Albert Camus : *À « Combat » (Éditoriaux et articles 1944-1947)*.

583 Collectif : *Amour toujours ?* Édité sous la direction de Jean Birnbaum.

584 Jacques André : *L'Imprévu (En séance)*.

585 John Dewey : *Reconstruction en philosophie*.

586 Michael Hardt et Antonio Negri : *Commonwealth*.

587 Christian Morel : *Les décisions absurdes II (Comment les éviter)*.

588 André Malraux : *L'Homme précaire et la Littérature*.

589 François Noudelmann : *Le toucher des philosophes (Sartre, Nietzsche et Barthes au piano)*.

590 Marcel Gauchet : *La crise du libéralisme. 1880-1914 (L'avènement de la démocratie II)*.

591 Dorian Astor : *Nietzsche (La détresse du présent)*.

592 Erwin Panofsky : *L'œuvre d'art et ses significations (Essais sur les « arts visuels »)*.

593 Annie Lebrun : *Soudain un bloc d'abîme, Sade*.

594 Trinh Xuan Thuan : *Désir d'infini (Des chiffres, des univers et des hommes)*.

595 Collectif : *Repousser les frontières ?* Édité sous la direction de Jean Birnbaum.

596 Vincent Descombes : *Le parler de soi*.

597 Thomas Pavel : *La pensée du roman*.

598 Claude Calame : *Qu'est-ce-que c'est que la mythologie grecque ?*

599 Jared Diamond : *Le monde jusqu'à hier*.

600 Lucrèce : *La nature des choses*.

601 Gilles Lipovetsky, Elyette Roux : *Le luxe éternel*.

602 François Jullien : *Philosophie du vivre*.

603 Martin Buber : *Gog et Magog.*

604 Michel Ciment : *Les conquérants d'un nouveau monde.*

605 Jean Clair : *Considérations sur l'État des Beaux-Arts.*

606 Robert Michels : *Sociologie du parti dans la démocratie moderne.*

607 Philippe Descola : *Par-delà nature et culture.*

608 Marcus du Sautoy : *Le mystère des nombres (Odyssée mathématique à travers notre quotidien).*

609 Jacques Commaille : *À quoi nous sert le droit ?*

610 Giovanni Lista : *Qu'est-ce que le futurisme ? suivi de Dictionnaire des futuristes.*

611 Collectif : *Qui tient promesse ?*

612 Dany-Robert Dufour : *L'individu qui vient (… après le libéralisme).*

613 Jean-Pierre Cometti : *La démocratie radicale (Lire John Dewey).*

614 Collectif : *Des psychanalystes en séance (Glossaire clinique de psychanalyse contemporaine).*

615 Pierre Boulez (avec Michel Archimbaud) : *Entretiens.*

616 Stefan Zweig : *Le Monde d'hier.*

617 Luc Foisneau : *Hobbes (La vie inquiète).*

618 Antoine Compagnon : *Les Antimodernes (De Joseph de Maistre à Roland Barthes).*

619 Gilles Lipovetsky, Jean Serroy : *L'esthétisation du monde (Vivre à l'âge du capitalisme artiste).*

620 Collectif : *Les origines du vivant (Une équation à plusieurs inconnues).* Par l'Académie des sciences.

621 Collectif : *Où est le pouvoir ?* Édité sous la direction de Jean Birnbaum.

622 Jean-Pierre Martin : *La honte (Réflexions sur la littérature).*

623 Marcel Gauchet : *L'avènement de la démocratie III (À l'épreuve des totalitarismes (1914-1974).*

624 Moustapha Safouan : *La psychanalyse (Science, thérapie et cause).*

625 Alain Roger : *Court traité du paysage.*

626 Olivier Bomsel : *La nouvelle économie politique (Une idéologie du XXIᵉ siècle).*

627 Michael Fried : *La place du spectateur (Esthétique et origines de la peinture moderne).*

628 François Jullien : *L'invention de l'idéal et le destin de l'Europe.*

629 Danilo Martuccelli : *La condition sociale moderne (L'avenir d'une inquiétude).*

630 Ioana Vultur : *Comprendre (L'herméneutique et les sciences humaines).*

631 Arthur Schopenhauer : *Lettres, tome I.*

632 Arthur Schopenhauer : *Lettres, tome II.*

633 Collectif : *Hériter, et après ?* Édité sous la direction de Jean Birnbaum.

634 Jan-Werner Müller : *Qu'est-ce que le populisme ? (Définir enfin la menace).*

635 Wolfgang Streeck : *Du temps acheté (La crise sans cesse ajournée du capitalisme démocratique).*

636 Collectif : *La cognition (Du neurone à la société).* Édité sous la direction de Daniel Andler, Thérèse Collins et Catherine Tallon-Baudry.

637 Cynthia Fleury : *Les irremplaçables.*

638 Nathalie Heinich : *L'élite artiste (Excellence et singularité en régime démocratique).*

639 François Jullien : *Entrer dans une pensée ou Des possibles de l'esprit* suivi de *L'Écart et l'entre.*

640 Régis Debray : *Civilisation (Comment nous sommes devenus américains).*

641 Collectif : *Mai 68, Le Débat.*

642 Geneviève Fraisse : *Le Privilège de Simone de Beauvoir.*

643 Collectif : *L'âge de la régression.* Édité sous la direction d'Heinrich Geiselberger.

644 Guy Debord : *La Société du Spectacle.*

645 Guy Debord : *Commentaires sur la société du spectacle (1988)* suivi de *Préface à la quatrième édition italienne de « La Société du Spectacle » (1979).*

646 Asma Lamrabet : *Islam et femmes (Les questions qui fâchent).*

647 Collectif : *De quoi avons-nous peur ?* Édité sous la direction de Jean Birnbaum.

648 Claude Romano : *Être soi-même (Une autre histoire de la philosophie).*

Composition Bussière
Impression Novoprint
à Barcelone, le 31 juillet 2020
Dépôt légal : juillet 2020
1er dépôt légal dans la collection : juillet 2018

ISBN 978-2-07-277940-4./Imprimé en Espagne.

369455